Gewaltige Hölle

INHALT

GEWALTIGE HÖLLE

Oft, wenn der Laden leer ist und nur das Summen der Fliegen zu hören ist, denke ich an den Jungen, dessen Namen wir nie erfuhren und den niemand im Dorf je wieder erwähnte.

Aus irgendeinem unerfindlichen Grund stelle ich ihn mir immer so vor, wie wir ihn das erste Mal gesehen haben, mit staubiger Kleidung, Dreitagebart und vor allem dem langen, zerzausten Haar, das ihm fast bis in die Augen fiel. Der Frühling hatte gerade begonnen, deshalb hielt ich ihn für einen Rucksacktouristen auf dem Weg in den Süden, als er den Laden betrat. Er kaufte Konserven und Matetee oder Kaffee; während ich alles zusammenrechnete, besah er sein Spiegelbild in der Scheibe, strich sich die Haare aus der Stirn und fragte mich nach einem Friseur.

Damals gab es zwei Friseure in Puente Viejo; wäre er zu dem alten Melchor gegangen, denke ich mir heute, wäre er der Französin vielleicht nie begegnet und es hätte kein Gerede gegeben. Aber Melchors Friseurladen befand sich nun mal am anderen Ende des Dorfes, und was geschah, war wohl unvermeidlich.

Jedenfalls schickte ich ihn zu Cervino, und während Cervino ihm die Haare schnitt, tauchte offenbar die Französin auf. Und die Französin schaute den Jungen an, wie sie die

Männer immer anschaute. Damit fing die ganze verflixte Angelegenheit an, denn der Junge blieb im Dorf und wir dachten alle dasselbe: dass er ihretwegen blieb.

Es war noch kein Jahr her, dass Cervino und seine Frau sich in Puente Viejo niedergelassen hatten, und wir wussten so gut wie nichts über die beiden. Sie verkehrten mit niemandem, wie man im Dorf spitz bemerkte. In Wirklichkeit lag das im Fall des armen Cervino einfach an seiner Schüchternheit, nur die Französin war vielleicht wirklich ein wenig arrogant. Sie waren im vorangegangenen Sommer zu Saisonbeginn aus der Stadt gekommen, und ich weiß noch, als Cervino seinen Friseurladen eröffnete, dachte ich, dass der alte Melchor wohl bald pleitegehen würde, denn Cervino besaß ein Friseurdiplom und hatte bei einem Haarschneidewettbewerb mit Messer einen Preis gewonnen, außerdem war er mit einem elektrischen Haarschneider, einem Haartrockner und einem Drehstuhl ausgestattet, und er trug einem Pomade auf und sogar Haarspray, wenn man ihn nicht rechtzeitig bremste. Und zu guter Letzt lag in Cervinos Friseursalon immer die aktuelle Ausgabe von *El Gráfico* im Zeitschriftenständer. Vor allem aber gab es dort die Französin.

Ich habe nie herausgefunden, warum sie die Französin genannt wurde, aber ich wollte es auch gar nicht wissen; es wäre zu enttäuschend gewesen, zum Beispiel zu erfahren, dass der Heimatort der Französin Bahía Blanca war oder, schlimmer noch, ein Dorf wie dieses hier. Wie dem auch sei, eine Frau wie sie war mir jedenfalls bis dahin nicht begegnet. Vielleicht lag es einfach daran, dass sie keinen Büstenhalter trug und es sogar im Winter eindeutig zu erkennen war, dass sie unter ihrem Pullover nichts anhatte. Vielleicht lag es auch an ihrer Angewohnheit, leicht bekleidet im Friseursalon aufzutauchen und sich vor aller Augen seelenruhig zu schminken. Aber nein, an der Französin war etwas Beunruhigenderes als nur dieser Körper, den alle Kleidung zu stören schien, etwas Verwirrenderes als ihr tiefes Dekolleté. Etwas in ihrem Blick. Sie schaute einem so unverwandt in die Augen, bis man selbst zu Boden sah. Es war ein herausfordernder, verheißungsvoller Blick, in dem aber auch schon ein spöttischer Schimmer lag, als stelle die Französin uns alle auf die Probe, wohl wissend, dass niemand sich vorwagen würde, als sei es für sie bereits beschlossene Sache, dass kein Mann im Dorf ihr das Wasser reichen könne. Ihr Blick provozierte und ließ einen gleich darauf hochmütig abblitzen. Und das alles vor Cervino, der nichts zu merken schien, der sich schweigend im Nacken seiner Kunden zu schaffen machte und von Zeit zu Zeit mit seinen Scheren in der Luft klapperte.

Ja, die Französin war anfangs die beste Werbung für Cervino, und sein Friseursalon hatte während der ersten Monate regen Zulauf. Dennoch hatte ich mich in Bezug auf Melchor geirrt. Der Alte war nicht auf den Kopf gefallen, und nach und nach gewann er seine Kundschaft zurück: Es gelang ihm, auf irgendeinem Weg an Pornozeitschriften zu kommen, die damals unter der Militärdiktatur verboten waren, und später zur Weltmeisterschaft kratzte er alle seine Ersparnisse zusammen und kaufte einen Farbfernseher, den ersten im Dorf. Seit der Zeit verkündete er jedem, der es hören wollte, in Puente Viejo gebe es nur einen Friseursalon für Herren; der von Cervino sei für Schwuchteln.

Wenn ich es recht bedenke, lag es wohl wiederum auch an der Französin, dass viele zu Melchor zurückgingen – kein Mann erträgt es auf Dauer, von einer Frau verspottet und erniedrigt zu werden.

Der Junge blieb also, wie gesagt, im Dorf. Er zeltete in der Umgebung, hinter den Sanddünen in der Nähe des alten Hauses der Witwe Espinosa. In den Laden kam er selten; alle vierzehn Tage oder einmal im Monat machte er einen

Großeinkauf. Zum Friseur ging er dafür einmal wöchentlich. Und da es ziemlich unwahrscheinlich war, dass er dort nur *El Gráfico* lesen wollte, begannen die Leute, Cervino zu bedauern. Denn so war es, anfangs wurde Cervino bedauert. Es war auch leicht, ihn zu bemitleiden: Er hatte so eine unschuldige, engelhafte Ausstrahlung und so ein bereitwilliges Lächeln, wie man es oft bei Schüchternen sieht. Er war ein äußerst stiller Typ, und manchmal schien er in eine geheimnisvolle, ferne Welt zu versinken; sein Blick verlor sich und er brachte eine Ewigkeit damit zu, das Rasiermesser zu schleifen, oder klapperte endlos mit der Schere, und man musste hüsteln, um ihn wieder zurückzuholen. Einmal überraschte ich ihn auch dabei, wie er die Französin im Spiegel mit einer stummen, konzentrierten Leidenschaft betrachtete, als könne er selbst nicht glauben, dass so ein Vollweib seine Frau war. Und dieser ergebene, jeden Verdachts bare Blick löste wirklich Mitleid aus.

Andererseits war es ebenso leicht, die Französin zu verurteilen, vor allem für die verheirateten und heiratsfähigen Frauen des Dorfes, die sich sogleich gegen ihren gewagten Ausschnitt verbündet hatten. Aber auch viele Männer grollten der Französin: An erster Stelle die berüchtigten Schürzenjäger von Puente Viejo wie der Russe Nielsen, die es nicht gewöhnt waren, von einer Frau mit Herablassung oder sogar Spott behandelt zu werden.

Ob es daran lag, dass die Weltmeisterschaft vorbei war und es kein richtiges Gesprächsthema mehr gab, oder daran, dass das Dorf lange keinen Skandal mehr gekannt hatte, jedenfalls liefen alle Unterhaltungen unweigerlich auf den Jungen und die Französin hinaus. Hinter dem Ladentresen hörte ich ein ums andere Mal die gleichen Geschichten; was Nielsen eines Nachts am Strand gesehen habe: Es sei eine kalte Nacht gewesen, und trotzdem hätten sich beide ausgezogen, sie hätten wohl auch unter Drogen gestanden, denn sie taten etwas, das Nielsen nicht einmal unter Männern erzählen konnte. Was die Witwe Espinosa sagte: Dass sie von ihrem Fenster aus immer Lachen und Stöhnen im Zelt des Jungen höre, die unverwechselbaren Geräusche, wenn zwei sich herumwälzten. Was der Älteste der Vidals erzählte: Dass die beiden im Friseursalon, vor seinen Augen und vor Cervinos Nase ... Kurz, wer weiß schon, was an all dem Geschwätz dran sein mochte.

Eines Tages stellten wir fest, dass der Junge und die Französin verschwunden waren. Das heißt, der Junge tauchte nicht mehr auf, und auch die Französin bekamen wir nicht mehr zu Gesicht, weder im Friseursalon noch auf dem Weg zum Strand, den sie sonst immer entlangspaziert war. Zuerst dachten wir, sie seien zusammen weggegangen, und vielleicht wegen der romantischen Seite, die so eine Flucht hat, vielleicht auch, weil ihnen jetzt keine Gefahr mehr drohte, zeigten sich alle Frauen bereit, die Französin zu entschuldigen: Es sei ganz offensichtlich gewesen, dass in dieser Ehe etwas nicht stimme, sagten sie; Cervino sei zu alt für sie und der Junge wirklich ein hübscher Kerl ... Und mit verschwörerischem Kichern gestanden sie sich untereinander ein, dass sie womöglich das Gleiche getan hätten.

Doch als eines Nachmittags die Rede wieder auf diese Sache kam, befand sich die Witwe Espinosa im Laden und raunte mit geheimnisvoller Stimme, für ihr Gefühl sei etwas wesentlich Schlimmeres passiert; der Junge habe ja ganz in der Nähe ihres Hauses gezeltet, wie wir alle wüssten, und obwohl auch sie ihn nicht mehr gesehen habe, befinde sich das Zelt nach wie vor an seinem Platz. Und es komme ihr sonderbar vor – *sehr sonderbar,* wiederholte sie –, dass die beiden ohne sein Zelt fortgegangen sein sollten. Jemand meinte, man solle vielleicht den Polizeikommissar verständigen, da murmelte die Witwe, außerdem sei es ratsam, Cervino zu überwachen. Ich weiß noch, dass mich das zornig machte, aber ich wusste nicht recht, was ich ihr entgegnen sollte; ich hatte es mir zur Regel gemacht, nie mit der Kundschaft zu diskutieren. Vorsichtig wandte ich ein, man könne niemanden ohne Beweise beschuldigen, für mich sei es undenkbar, dass Cervino, ausgerechnet Cervino … Aber da unterbrach mich die Witwe: Bekanntlich seien schüchterne, introvertierte Menschen besonders gefährlich, wenn sie außer sich gerieten.

Wir debattierten noch immer, als Cervino in die Tür trat. Ein jähes Schweigen stellte sich ein; er musste merken, dass wir über ihn gesprochen hatten, denn alle blickten betreten zur Seite. Ich sah, wie er rot wurde, und mehr denn je kam er mir vor wie ein wehrloser kleiner Junge, der nicht erwachsen werden konnte. Als er mir seine Einkaufsliste vorlas, fiel mir auf, dass er wenig Essen mitnahm und keinen Joghurt kaufte. Er war schon beim Zahlen, da fragte die Witwe ihn ganz unvermittelt nach der Französin.

Cervino wurde wieder rot, aber diesmal langsam, als fühle er sich geehrt von so viel Anteilnahme. Er sagte, seine Frau sei in die Stadt gefahren, um sich um ihren Vater zu kümmern, der sehr krank sei, sie käme aber bald zurück, in einer Woche etwa. Als er ausgeredet hatte, lag in allen Mienen ein merkwürdiger Ausdruck, den ich erst nicht so recht definieren konnte: Enttäuschung. Trotzdem ergriff die Witwe, kaum war Cervino weg, wieder das Wort. Dieser Schmierenkomödiant habe sie nicht hinters Licht führen können, wir würden diese arme Frau nie wiedersehen. Und leise tuschelte sie, in Puente Viejo laufe ein Mörder frei herum und jeder könne sein nächstes Opfer sein.

Es verging eine Woche, es verging ein Monat, aber die Französin kam nicht zurück. Und der Junge war auch nicht mehr gesehen worden. Die Kinder aus dem Dorf begannen, in dem verlassenen Zelt Indianer zu spielen, und

Puente Viejo spaltete sich in zwei Lager: Die einen waren überzeugt, dass Cervino ein Verbrecher war, wir anderen warteten weiter auf die Rückkehr der Französin, doch wir wurden immer weniger. Es hieß, Cervino habe dem Jungen die Kehle mit dem Messer aufgeschlitzt, während er ihm die Haare schnitt; die Mütter verboten ihren Kindern, in dem Straßenblock zu spielen, in dem sich der Frisiersalon befand, und baten ihre Männer, wieder zu Melchor zu gehen.

Doch so seltsam es auch scheinen mag, nicht alle Kunden wurden Cervino untreu: Unter den Jungen des Dorfes galt es bald als Mutprobe, sich auf den unheilvollen Stuhl des Friseurs zu setzen und einen Haarschnitt mit dem Messer zu verlangen, und es wurde zu einem Zeichen von Männlichkeit, sein Haar geföhnt und mit Haarspray fixiert zu tragen.

Wenn wir Cervino nach der Französin fragten, wiederholte er immer die Geschichte von seinem kranken Schwiegervater, aber sie klang nicht mehr besonders glaubwürdig. Viele hörten auf, ihn zu grüßen, und wir erfuhren, dass die Witwe Espinosa mit dem Polizeikommissar gesprochen hatte, damit der ihn festnähme. Doch der Polizeikommissar hatte ihr gesagt, er könne nichts tun, solange es keinen Leichnam gebe.

Da fing man im Dorf an, über die Leichen zu spekulieren: Die einen mutmaßten, Cervino habe sie im Hof seines Hauses vergraben, andere, er habe sie in Stücke geschnitten und ins Meer geworfen, und Cervino wurde zu einem immer schrecklicheren Ungeheuer.

Ich hörte mit an, wie sie im Laden ständig über das gleiche Thema redeten, und eine abergläubische Furcht stieg in mir auf, eine Art Vorahnung, dass diese endlosen Debatten noch zu einem Unglück führen würden. Was die Witwe Espinosa anging, die hatte offenbar den Verstand verloren. Mit einer lächerlichen Sandschaufel grub sie überall Löcher in den Boden und kreischte herum, sie gebe keine Ruhe, ehe sie nicht die Leichen gefunden hätte.

Und sie fand sie eines Tages.

Es war an einem Nachmittag Anfang November. Die Witwe kam in den Laden und fragte, ob ich Schaufeln hätte; und laut fügte sie hinzu, damit alle es hörten, der Polizeikommissar habe sie geschickt, Schaufeln und Freiwillige zu holen, um in den Dünen hinter der Brücke zu graben. Sie habe nämlich, erläuterte sie und betonte dabei jedes einzelne Wort, mit ihren eigenen Augen gesehen, wie ein Hund dort eine menschliche Hand verschlungen habe. Ich erschauderte; plötzlich war also alles wahr, und während ich die Schaufeln aus dem Lager holte und den Laden schloss, hörte ich weiter ungläubig die Gesprächsfetzen Grauen, Hund, Hand, *menschliche* Hand.

Die Witwe führte die Truppe triumphierend an. Ich ging mit den Schaufeln ganz hinten. Ich betrachtete die anderen und sah die gleichen Gesichter wie immer, Menschen, die im Laden Matetee und Nudeln kauften. Ich blickte mich um, und nichts hatte sich verändert, kein plötzlicher Sturm, keine ungewöhnliche Stille. Es war ein Nachmittag wie jeder andere, zu der nutzlosen Stunde, in der alles aus der Siesta erwacht. Unter uns reihten sich die Häuser, immer kleiner, und sogar das Meer in der Ferne wirkte provinziell und harmlos. Einen Augenblick meinte ich zu begreifen, woher mein ungläubiges Gefühl kam: So etwas konnte nicht passieren, nicht hier in Puente Viejo.

Als wir zu den Dünen kamen, hatte der Polizeikommissar noch nichts gefunden. Er grub mit nacktem Oberkörper, seine Schaufel hob und senkte sich in gleichmäßigem Rhythmus. Er zeigte vage ringsum, worauf ich die Schaufeln verteilte und mit meiner an der Stelle ansetzte, die mir am ungefährlichsten vorkam. Eine lange Weile hörte man nur das trockene Schleifen des in die sandige Erde gleitenden Metalls. Langsam verlor ich die Angst vor der Schaufel, aber während ich noch dachte, dass die Witwe sich vielleicht geirrt hatte und alles gar nicht stimmte, hörten wir lautes Gebell. Es kam von dem Hund, den die Witwe gesehen hatte, einem klapperdürren Köter, der uns aufgeregt umkreiste. Der Polizeikommissar versuchte ihn mit Steinen zu verjagen, aber der Hund kam immer wieder zurück, und einmal sah es sogar so aus, als würde er auf ihn losgehen. Da wurde uns klar, dass das der Ort war, und der Polizeikommissar grub hektisch weiter; wir alle wurden von seiner Hast angesteckt und rammten nebeneinander unsere Schaufeln in die Erde, bis der Polizeikommissar plötzlich schrie, er sei auf etwas gestoßen; er grub noch ein wenig weiter, und da war der erste Leichnam.

Beinahe ohne einen Blick darauf zu werfen, nahmen die anderen sofort und beinahe mit Schwung ihre Schaufeln wieder auf, um nach der Französin zu suchen; nur ich trat näher hin und zwang mich, den Toten ganz genau anzuschauen. Er hatte ein schwarzes Loch in der Stirn und Erde in den Augenhöhlen. Es war nicht der Junge. Ich drehte mich um, weil ich es dem Polizeikommissar sagen wollte, und da war es, als würde ich in einen Alptraum eintauchen: Alle stießen auf Leichen, als würden sie aus dem Boden sprießen, bei jedem Spatenhieb rollte ein Kopf oder kam ein verstümmelter Oberkörper zutage. Wohin man schaute, Tote und noch mehr Tote, Köpfe um Köpfe.

Ich wanderte vor Entsetzen ziellos hin und her; ich konnte keinen Gedanken fassen, begriff nichts mehr, bis ich einen von Kugeln durchsiebten Rücken sah und darüber einen Kopf mit verbundenen Augen. Ich blickte zum Polizeikommissar, und auch der Polizeikommissar wusste es. Er ordnete an, dass wir uns nicht vom Fleck rühren sollten, und ging zurück zum Dorf, um Anweisungen einzuholen.

Ich erinnere mich nicht an viel aus der Zeit, die bis zu seiner Rückkehr verstrich, nur an das unablässige Bellen des Hundes, den Geruch nach Tod und die Gestalt der Witwe, die zwischen den Leichen herumwühlte und uns zurief, wir sollten weitermachen, die Französin sei noch nicht aufgetaucht. Der Polizeikommissar kam zurück, würdevoll und aufrecht marschierend wie jemand, der gleich einen Befehl erteilen würde. Er stellte sich vor uns hin und ordnete an, die Leichen genau so, wie sie waren, wieder zu vergraben. Wir griffen alle nach den Schaufeln, keiner wagte es, ein Wort zu sagen. Während die Erde auf die Leichen fiel, fragte ich mich, ob dort nicht vielleicht auch der Junge lag. Der Hund bellte und sprang wie von Sinnen umher. Da sahen wir den Polizeikommissar plötzlich auf dem Boden knien, seine Waffe in der Hand. Er gab nur einen Schuss ab. Der Hund kippte leblos um. Noch mit der Waffe in der Hand trat der Polizeikommissar zu ihm hin und schubste ihn mit dem Fuß nach vorne, damit wir ihn auch vergruben.

Bevor wir gingen, untersagte er uns, mit irgendjemandem über das Ganze zu reden, und er notierte sich den Namen jedes Einzelnen von uns, die wir dabei gewesen waren.

Die Französin kam wenige Tage später zurück; ihr Vater war vollständig genesen. Von dem Jungen sprachen wir nicht mehr im Dorf. Das Zelt wurde gleich zu Beginn der nächsten Saison gestohlen.

BRINDIS MIT WITOLD

Das Ganze lief so ab: Der kleine Lucas spielte auf dem Teppich mit den Haselnüssen, während meine Cousine Andrea, die ebenso spät wie untadelig Mutter geworden war, die Vorteile von wegwerfbaren Windeln darlegte und ihr Mann, der Dickarsch Antonio, die Gläser auffüllte. Nach und nach zog Andrea alle Aufmerksamkeit auf sich, und die Tanten standen ihr mit passenden Einwürfen bei, ergänzten Anekdoten und Wickeltischerinnerungen; das Thema Windeln nahm langsam ganz erstaunliche Ausmaße an und die Unterhaltung begann sich unwiderruflich zu verwindeln, so sehr sich mein Vater in seiner Ecke auch bemühte, seine Schilderung der argentinischen Erlebnisse eines polnischen Schriftstellers zu Ende zu bringen, den leider nur er kannte.

Trotzdem waren wir im Grunde wohl alle ganz froh, dass es endlich ein Baby in der Familie gab und wir Andrea die Unterhaltung überlassen konnten, der perfekten Mutter, die gemeinsam mit den Tanten dafür sorgte, dass die Gespräche harmlos verliefen und vor allem keine Politik zur Sprache kam, damit es ohne Zwischenfälle Mitternacht würde und wir alle anstoßen könnten.

Strategisch platziert überwachte meine Mutter unauffällig das Kommen und Gehen der Teller und nahm untröstlich zur Kenntnis, dass ihre Ricottatorte nicht mit dem Erdbeerkuchen von Tante Carmen mithalten konnte. Unverhofft überschwänglich versuchte sie meinen Bruder und mich zu überzeugen, noch etwas mehr von ihrer Torte zu essen, und es war für sie wie ein Verrat, dass Tante Carmen uns fürsorglich, liebevoll und triumphierend ein Stück Erdbeerkuchen nach dem anderen auf die Teller legte.

Meine Großmutter, wegen ihres Diabetes vom Tisch verbannt, beobachtete resigniert von Weitem den weniger werdenden Hefekuchen, die Torten und gebrannten Mandeln außerhalb ihrer Reichweite und knabberte mit sparsamer Langsamkeit an dem einzigen Stück Turrón, das ihr meine Tanten gnädigerweise gewährt hatten, während sich der alte Mauro in seinem Rollstuhl die Pfeife anzündete, den Blick auf die Uhr gerichtet, und laut die Minuten herunterzählte: »Noch sieben Minuten. Noch sechs ...«

Nur Teresa war irgendwie nicht bei sich, sie konnte ihre Verstimmung kaum verbergen, wenn sie zu dem kleinen Lucas sah. Vielleicht, weil das Kind sie daran erinnerte, dass sie mit ihren vierunddreißig Jahren nach zahllosen Romanzen und Liebschaften immer noch unverheiratet war, oder weil sie zum ersten Mal niemand beachtete, obwohl ihr Ausschnitt noch tiefer saß als im Vorjahr und so sehr sie auch die Diva spielte, die Beine immer wieder überkreuzschlug und den Träger ihres Kleides mit vielversprechender Nachlässigkeit über die Schulter hinabrutschen ließ. Auch ich sah sie nicht mehr an, zum einen, weil der Anblick einer vergehenden Schönheit etwas deprimierend ist, die letzten Anstrengungen von Kajalstift und Schminke; zum anderen, weil ich einmal Gelegenheit gehabt hatte festzustellen, dass sie letztlich auch ein Bustier trug, was das Wogen ihrer Brüste deutlich weniger interessant machte; vor allem aber, vor allem anderen, weil mein Blick ganz von meiner kleinen Cousine Maite gefangen waren, ach Maite, Maite, und ich es immer noch nicht glauben konnte, dass sie einen Freund haben sollte, aber doch, als der Korken knallte, sagte jemand von einem Stuhl aus, einen Kandidaten gibt es ja schon, und sie errötete und lachte dann glücklich, also stimmte es, stimmte es wirklich.

So lief wie gesagt alles ab, bis Andrea das friedliche Thema Windeln überraschend für erschöpft erklärte und sich über das Zungenband des kleinen Lucas auszulassen begann, über sein Zungenband, jawohl, der arme Kleine konnte seine Zunge nämlich nicht richtig herausstrecken, man werde ihn später operieren müssen. »Stellt euch doch nur vor«, sagte Andrea, »wenn in der ersten Klasse andere Kinder ihm die Zunge herausstrecken und er es nicht erwidern kann.« Wir stellten es uns vor und lachten, das Thema Zungenband kam uns letztlich auch harmlos vor. »Außerdem«, ergänzte Tante Carmen, »könnte es ihm Schwierigkeit bereiten, bestimmte Buchstaben auszusprechen, das T zum Beispiel.« »Oder das D«, fügte meine Mutter hinzu, worauf sich ein Schweigen breitmachte, während wir alle beflissen das ABC durchgingen. Da hob Teresa plötzlich, ohne dass es irgendjemandem in den Sinn gekommen wäre, sie davon abzuhalten, den kleinen Lucas mit einem Singsang in die Höhe: »Na Lucas, mein Lucas fein, was ist mit deinem Züngelein«, und dann geschah es: Teresa streckte ihre Zunge heraus, doch der Kleine wollte es ihr nicht nachmachen, der Mund des Jungen blieb hartnäckig geschlossen, und Teresas Zunge ragte in die Luft, eine laszive Zunge, eine Zunge für zügellose Küsse, die sich schamlos verbog. Aber das war nur der Anfang, denn um den Kleinen umzustimmen, kam jetzt die gelbliche, verkrampfte Zunge von Andrea hinzu, und dann die von Dickarsch Antonio, die sich mit einem Ächzen aus seinem Mund drückte, aber nichts zu machen, der kleine Lucas verstand nicht, was man von ihm wollte, sondern betrachtete nur gebannt die Münder, die nacheinander ihre Zungen herausstreckten, bis schließlich alle draußen waren, und da erblickte ich die einfältige, etwas plumpe Zunge meines jüngeren Bruders, und vor ihm sah ich lauernd die Zunge von Tante Carmen, gekrümmt wie ein Zeigefinger und aufreizend etwas versprechend, das mit Erdbeerkuchen absolut nichts zu tun hatte. Doch auch das war nur der Anfang, denn dann sah ich, was direkt vor Andreas mütterlicher Nase plötzlich ganz offensichtlich war: dass nämlich die dicke Zunge von Dickarsch Antonio und Teresas verdorbene Zunge sich alles andere als fremd waren, im Gegenteil eine verwirrende Übereinstimmung zwischen diesen beiden Zungen herrschte, die im Einklang aus ihren Mündern kamen, als spotteten sie allen anderen. Und dann sah ich die Zunge meiner Großmutter, trocken und ledrig, und die vom Tabak zerfressene Zunge des alten Mauro, und hätte ich es auch lieber nicht gesehen, sah ich doch, dass sich all diese hervorgeholten Zungen offenbar nach etlichen Jahren wiedererkannten und obszön einander entgegenstreckten. Ich wollte nichts mehr sehen, vor allem wollte ich nicht Maites Zunge sehen, aber man konnte sie unmöglich ignorieren, da war sie, herausfordernd stellte sie sich vor mir zur Schau, o mein Gott, eine unvorstellbare, riesige Zunge, die ihren winzigen Mund Lügen strafte. Noch tausendmal schlimmer aber war, dass diese Zunge ... dass diese Zunge alles andere als unschuldig war.

Ich hatte mich noch nicht von dieser letzten Enthüllung erholt, als ein Wink der Vorsehung Lucas im richtigen Moment losweinen ließ. Alle lachten, die Zungen kehrten in ihre Münder zurück, der alte Mauro verkündete, es sei Mitternacht, die Gläser wurden gehoben, und als erster von allen Küssen kam der von Maite, zart und sanft – über jeden Verdacht erhaben.

TANZABEND IM MARCONE

An einem Samstagabend, ich ging gerade die Calle Corrientes entlang, auf der Suche nach der Frau meines Lebens oder zumindest irgendeiner Frau, bog ich um die Ecke in die Calle Pueyrredón, hinter einer Dunkelhaarigen her, die hübsch mit den Absätzen klapperte, sodass alles an ihr schaukelte. Auf der Plaza Once holte ich sie ein, da stellte sich heraus, dass die Dunkelhaarige käuflich war. Sie nannte mir ihre Tarife und ich überschlug meine Finanzen, obwohl ich schon wusste, dass es zwecklos war. »Und was bekomme ich für fünfundzwanzig?«, fragte ich. »Kauf dir einen Schokoriegel«, riet sie mir und wackelte mit ihrem Hintern auf die andere Straßenseite, wie Frauen eben gehen, wenn sie wissen, dass man ihnen nachschaut.

Ich wollte schon kehrtmachen, da sah ich beim Überqueren des Platzes bunte Lichter aus dem oberen Stockwerk eines zwei- oder dreistöckigen alten Hauses. Ein Tanzschuppen, dachte ich. Tanzabend im Viertel Once, was zum Aufreißen. Ich wechselte die Straßenseite. Ich brauchte eine Weile, bis ich merkte, dass der Eingang der unter dem Schild »Hotel Marcone« war. Der Tanzabend fand im obersten Stock des Hotels statt, wohin offenbar nur ein gebrechlicher Aufzug führte, der ächzend heruntergefahren kam. Der Liftführer hielt vier Finger hoch, und ich trat mit drei anderen Jungs ein, die ungefähr so alt waren wie ich und zusammengehörten. Einer hatte einen haarscharfen Mittelscheitel; während wir nach oben fuhren, holte er einen Kamm heraus und zog ihn vor dem Spiegel nach.

»Eine Frage, Chef«, sagte er unvermittelt zu dem Liftführer. »Wissen Sie, ob man Begleitung mit ins Hotel nehmen kann?«

»Das müssen Sie an der Rezeption fragen«, antwortete der Liftführer mürrisch.

»Ich meine ja nur«, sagte der andere und sah uns amüsiert an. »Dann muss man nicht lange nach einer Bude suchen.«

Seine beiden Kumpels lachten; die Sache sah vielversprechend aus.

Damen hatten freien Eintritt, Herren zahlten neun fünfzig. Ich legte meinen letzten Zehner hin und ging hinter den Jungs hinein. Aber als ich die Tischchen und das Orchester sah, wollte ich schon wieder umdrehen und dem Typen am Eingang sagen, dass ich am falschen Ort gelandet war. Ich hatte vor allem die Frauen an den Tischen gesehen. Nicht mehr ganz jung wäre untertrieben, sie waren steinalt, hatten gefärbtes Haar und gespachtelte Gesichter, aus ihren Ausschnitten quollen runzlige Brüste, und unter ihren Armen hing schlaffes Fleisch. Da komme ich ja gerade noch rechtzeitig, dachte ich, in zehn Minuten sind die alle mumifiziert. Aber dann fand ich den Ort doch ziemlich schräg, und neun fünfzig war letztlich auch kein Vermögen, also gab ich meine Jacke an der Garderobe ab und ging zwischen den Tischen zur Tanzfläche vor, um das Orchester, das noch in den Vorbereitungen war, aus der Nähe zu betrachten. Und wie ich schon befürchtet hatte, lag da tatsächlich ein Akkordeon auf einer Bank – es war ein Tango-Orchester.

Der Klavierspieler schlug das A an, und ein rachitischer alter Mann, der kaum noch seinen Kontrabass halten konnte, strich zittrig über die Saiten. Der Geiger und der Akkordeonspieler stimmten mit ein, und ein Typ mit gefärbten Haaren stieg zu ihnen aufs Podium, ein Mikrofon in der Hand, denn das Ganze war mit Sänger.

Und schon setzte der erste Tango ein:

Sag mir bei Gott, was du mir gegeben hast,
das mich so verändert hat,
ich weiß nicht mehr, wer ich bin ...

Ein Paar betrat die Tanzfläche. Der Mann hatte eine beinahe schulterlange Mähne, er wirkte wie ein grauhaariger, dickbäuchiger Prinz Eisenherz, seine Begleiterin sah auch komisch aus, hatte aber die Beine einer jungen Frau. Und sie trug nicht etwa Strumpfhosen, die Beine waren auch ohne einfach perfekt, fest und mit schmalen Fesseln, auf wunderbare Weise war ihnen das Los des zugekleisterten Gesichts und gealterten Körpers erspart geblieben.

Du kamst vorbei
in einem hochmütigen Tango,
dein Schritt
so innig und sinnlich ...

Sie tanzten und man merkte, dass das echter Tango war und keine Zirkusnummer, nichts Verschnörkeltes, und trotzdem lagen alle Blicke auf ihnen und kein anderes Paar wagte sich vor.

Erst beim zweiten Tango füllte sich die Tanzfläche. Ich ging an den Tresen, weil ich dort die Jungs aus dem Aufzug gesehen hatte.

»Hey, spielen die hier nur Tango?«, fragte ich den mit dem Mittelscheitel.

»Halb, halb«, klärte er mich auf. »Eine halbe Stunde Tango, eine halbe Stunde ›international‹, Cumbia, Rock'-n'Roll und Bolero.«

»Und jüngere Feger gibt's nicht?«

»Doch, schon.« Er zuckte mit den Achseln und trank einen Schluck. »Auf der anderen Seite der Tanzfläche oder da drüben, am Fenster. Hier gibt's alles. Aber die alten sind besser«, ergänzte er mit dem Grinsen des Kenners. »Mit den alten geht's direkt in die Kiste.«

Ich bahnte mir an den Tischchen und tanzenden Paaren vorbei den Weg zur anderen Seite. Der mit dem Mittelscheitel hatte nicht ganz unrecht, ich sah zwei oder drei ganz passable Damen, vor allem eine Blondine, die allein an einem Tisch saß, auch schon etwas welk, aber zumindest war bei ihr noch alles an seinem Platz. Sie rauchte, den Blick versunken auf die Tanzfläche gerichtet, und summte die Tangos vor sich hin, als kenne sie alle Texte.

Ich blieb in einiger Entfernung stehen, aber kaum waren die Tangos zu Ende und der internationale Teil wurde angekündigt, näherte ich mich, denn rings um sie setzten verdächtige Bewegungen ein, sogar die drei aus dem Aufzug strichen um den Tisch. Und da kam der mit dem Mittelscheitel mir doch tatsächlich zuvor, ich musste meinen Hut vor ihm ziehen, weil er gar nicht erst wartete, bis die Musik wieder einsetzte, sondern die Blondine eine Sekunde vorher einfach um Feuer bat und uns alle abservierte.

Und wie das so ist, wenn man bei einem Tanzabend nicht schnell genug ist: verzweifelt sah ich zu, wie die Tanzfläche immer voller wurde, denn jetzt blieb keiner mehr sitzen.

Hier sucht jeder eine Seine,
ob sie dick sei oder dünn,
ob sie hübsch sei oder nicht,
das ist gar nicht wichtig ...

Die Tanzpaare formierten sich im Bruchteil einer Sekunde, und bald hatte auf der Tanzfläche keine Stecknadel mehr Platz. Ich sah mich um: Beinahe alle Tische waren leer, nur ein paar Vorsintflutliche waren noch übrig. Ich drehte eine Runde durch den Raum, während ein Cumbia den anderen jagte:

Streck die Hand aus, Antonio,
die Mama ist aus dem Zimmer;
gib mir 'nen Kuss, Lupita,
dein Papa schaut grade nicht her ...

Der Boden bebte unter den stampfenden Füßen, und die Schminke der Frauen begann zu glänzen. Polonaisen wurden gebildet, und einige sangen den Refrain mit:

Denn wenn Papa uns erwischt,
müssen wir vor den Altar ...

Da bemerkte ich plötzlich an einem der Fenster ein Mädchen, das nach draußen sah, kleine Statur, nichts Besonderes. Sie stand mit dem Rücken zu mir, sodass mir ihr Gesicht verborgen blieb. Na ja, dachte ich, schlimmer als die Vorsintflutlichen kann sie nicht sein. Kurz und gut, ich ging zu ihr, berührte sie an der Schulter, und mit feierlicher Stimme und einer ziemlich übertriebenen Verbeugung sagte ich meinen magischen Satz auf: »Gnädiges Fräulein, würden Sie mir die Ehre erweisen, mit mir zu tanzen?« Ich hob den Blick und dachte: Was ein Wunder. Denn war die Ecke auch ziemlich schummrig, erwies sich die Kleine doch ganz unverkennbar als ein Schmuckstück, und dann lachte sie auch noch.

»Ich tanze keine Cumbias«, sagte sie und wurde ernst, als habe sie sich mit einem Mal daran erinnert, dass sie eigentlich verärgert war.

Aber da rettete mich der »internationale Teil«, denn es ertönten die ersten Klänge von *Meine Liebe, könntest du doch mit Gott reden …*

»Und Boleros?«, fragte ich. Die Frage war eigentlich überflüssig, denn wenn sie sich nicht von den schnellen Stücken hatte mitreißen lassen … Aber bei Frauen weiß man eben nie – sie überlegte einen Augenblick, dann steuerte sie auf die Tanzfläche zu. Ich hinterher, ganz verdutzt über mein Glück. Wir kreuzten eine Weile herum, bis wir einen Platz fanden, der ihr zusagte. »Hier nicht, hier auch nicht«, sagte sie immer wieder, bis sie endlich fast in der Mitte der Tanzfläche stehen blieb. »Ich will in der Nähe meiner Freundin sein«, sagte sie und lächelte entschuldigend. Als ich sie so im Scheinwerferlicht lächeln sah, dachte ich nur noch verflucht, das ist doch nicht möglich, denn so viel Make-up sie auch trug, war doch nicht zu übersehen, dass sie noch ein kleines Mädchen war, nicht älter als fünfzehn, und als sie ihre Ärmchen ausstreckte und ich sie um die Taille fasste, hatte ich das Gefühl, sie könnte jederzeit zerbrechen, wenn ich nur ein wenig fester drückte. Die Lichter wurden gedimmt, und einige Paare in unserer Nähe fingen an, herumzuknutschen. Ich fühlte mich etwas dämlich dabei, mit dieser Rotznase zu tanzen, aber gut, daran war nichts mehr zu ändern, entweder sie oder die Vorsintflutlichen, und so stellte ich ihr eben die üblichen Fragen. Sie hieß Mariana oder Marina, genau verstand ich es nicht, und wohnte in Caballito. Ich fragte sie, ob sie das erste Mal hier sei.

»Das erste und das letzte Mal«, antwortete sie, und ich nahm an, dass sie wie ich aus Versehen hier gelandet war, aber nein.

»Ich habe eine Freundin begleitet«, sagte sie. »Die da drüben in Rot.« Ich drehte mich um, sah aber nur einen Rücken, den riesige Hände betatschten. »Sie ist älter als ich, und, na ja, sie wollte eben herkommen … Aber nie wieder«, sagte sie empört. »Sieh doch nur.« Dabei deutete sie mit dem Blick auf eine unglaublich dicke Alte, deren Tanzpartner ungefähr so alt war wie ich. Der Knabe versuchte sie zu küssen, und die Alte wich ihm mit gesenkten Lidern halbherzig aus, wiegte ihren Kopf im Rhythmus und lächelte mit geschlossenen Lippen, bis sie zu guter Letzt ein wenig nachgab.

»Ich hätte meine Großmutter mitbringen können, damit sie hier ihren Pullover für mich weiterstrickt«, sagte ich, aber die Kleine lachte nicht, hatte offenbar gar nicht zugehört. Trotzdem war sie mir sympathisch, und sie hatte so eine Art, sich an meine Brust zu schmiegen, na ja; jedenfalls habe ich sie auf eine Cola eingeladen, als die Lichter angingen und die Musik aufhörte, damit sich das Tango-Orchester wieder aufstellen konnte. Auf dem Weg zum Tresen musterte ich sie erneut: Sie war wirklich hübsch mit ihren hellen Augen und dem langen Haar, gar nicht ohne, alles in Miniatur, aber gut verteilt.

»Da kommt meine Freundin«, sagte sie, kaum hatten wir uns hingesetzt. Ich drehte mich um. Schätzungsweise Anfang dreißig, aber nicht schlecht, vor allem ziemlich schöne Brüste.

Drei Cola, dachte ich auch, gehen über meine Finanzen.

»Hast ganz schön eng getanzt«, sagte die Kleine zu ihr, und die andere lächelte mir zu wie eine Anheizerin, die einen auf Teenager macht. Was ich als Aufforderung nahm, ihr ganz offen in den Ausschnitt zu schauen.

»Ach, Kindchen, ich tanze doch nicht eng, es war nur einfach so voll«, sagte sie mit einem falschen Lächeln. »Wetten, du weißt nicht, mit wem ich da tanze?«, fuhr sie fort. »Mit dem König des Rock'n'Roll, da drüben ist er. Ich habe dir doch erzählt, dass hier sonntags Rock-'n'-Roll-Wettbewerbe abgehalten werden. Er gewinnt sie alle. Er tanzt aber auch Tango.«

Der König des Rock'n'Roll hatte die Visage eines Lastwagenfahrers und tätowierte Arme. Er winkte ihr von Weitem zu, sie verabschiedete sich mit einem Lächeln und ging zurück zu ihm auf die Tanzfläche.

»Nett, deine Freundin«, sagte ich. »Hübsche Augen.«

Die Kleine war verstummt.

»Du hast auch schöne Augen«, sagte ich und rückte etwas näher. »Sind sie grün oder blau?«

»Das kommt aufs Licht an«, sagte sie und sah wieder zur Tanzfläche.

Ich fühle dich immer hier,
du steckst so ganz in mir
wie ein Messer tief im Fleisch ...

Der Klavierspieler hämmerte vornübergebeugt in die Tasten und dem Sänger schien es fast die Brust zu zerreißen. Prinz Eisenherz und die Frau mit den jungen Beinen waren wieder auf die Tanzfläche getreten.

»Die beiden kommen anscheinend seit ihrer Verlobungszeit hierher«, sagte die Kleine. »Seit ihrer Verlobungszeit«, wiederholte sie ungläubig. »Und meine Freundin hat mir gesagt, dass sie keinen einzigen Samstag auslassen.«

»Kommt deine Freundin etwa auch jeden Samstag?«, fragte ich.

»Nein, nicht jeden«, sagte sie und suchte sie unter den tanzenden Paaren. Der König des Rock'n'Roll drehte sie gerade langsam auf einem Bein um die eigene Achse.

»Ist Tango nicht eklig?«, sagte sie plötzlich.

»Eklig? Wie meinst du das?«

»Es ist so ... schlüpfrig«, sagte sie und kräuselte die Nase. »Ich weiß nicht, es ist einfach eklig.«

»Wie alt bist du?«, frage ich.

»Ich? Siebzehn«, antwortete sie.

»Also vierzehn.«

Sie wurde rot, lachte und nickte. Vierzehn, dachte ich, vergiss es. Ich sah auf die Uhr, es war fast zwei. Kohle hatte ich auch keine mehr, den ganzen Rest hatte ich in die Coca-Colas investiert.

»Du bist ganz schon einsilbig«, sagte sie. »Einsilbig, aber intelligent, das sieht man gleich. Du hast ein intelligentes Gesicht. Ich rede sonst auch nicht viel, aber irgendjemand muss ja was sagen, oder?«

Ich lachte, weil mir die Kleine immer besser gefiel, aber sie dachte wohl, ich lache sie aus.

»Bin ich sehr dumm? Findest du mich sehr dumm?«

Ich sagte, nein, und strich ihr die Haare hinters Ohr. Das verfehlt normalerweise nie seine Wirkung, es ist noch keine Liebkosung, aber schon etwas mehr als Worte. Sie trank einen Schluck von ihrer Cola und ließ mich ihre Hand nehmen. Und da fing ich dann sehr wohl an, alles Mögliche zu faseln, ich erfand irgendeine wahnsinnig komplizierte Theorie über Zufälle und Schicksal und Begegnungen und verfehlte Begegnungen, ich war richtig inspiriert, die Poesie sprudelte nur so aus mir heraus. Doch als ich gerade so richtig im Fluss war, sah ich eine Frau den Saal betreten. Mit dem Rücken zu mir ging sie auf die Garderobe zu, und ich dachte, diesen Hintern kenne ich doch. Und tatsächlich, es war die dunkelhaarige Hure. Sie gab ihre Jacke ab und kam direkt auf den Tresen zu. Ich starrte sie dermaßen an, dass ich den Faden verlor, aber ich merkte, dass die Kleine mir auch nicht mehr zuhörte, sondern wie in Gedanken versunken war. Kaum hatte sie ihre Cola ausgetrunken, sagte sie, sie käme gleich wieder, sie müsse ihrer Freundin etwas sagen, und sie ging zu dem Tisch, wo die andere mit dem König des Rock'n'Roll ein Bierchen trank. Als ich sah, dass die beiden zusammen in Richtung Toilette verschwanden, rückte ich ein Stück weiter, bis ich neben der Dunkelhaarigen saß.

»Hi, lange her«, sagte ich.

»Hallo, Herzchen, was für eine schöne Überraschung«, sagte sie mit einem breiten Lächeln. Huren sind einfach unglaublich.

»Was machst du denn hier?«, fragte ich und lugte zwischen ihren Blusenknöpfen hindurch. Sie trug kein Bustier.

»Was bist du neugierig«, sagte sie und trank einen Schluck von meiner Cola. »Um fünf fange ich an zu arbeiten, und ich war so müde, dass ich nicht nach Hause wollte. Damit ich nicht einschlafe, verstehst du? Also bin ich hierhergekommen, um die Zeit totzuschlagen.«

»Wo arbeitest du denn?«, fragte ich. Ich sah auf die Uhr. Es war halb drei; immer noch alles drin, dachte ich.

»Stell doch nicht so viele Fragen, Schätzchen«, sagte sie, holte aber trotzdem eine Karte aus ihrer Geldbörse und gab sie mir: MASSAGE & BEGLEITSERVICE, stand darauf, GÜNSTIGE TARIFE, und direkt darunter eine Adresse in der Calle Pueyrredón. Plötzlich spürte ich ihre Hand auf meinem Bein.

»Willst du mir nicht einen Drink spendieren?«, sagte sie. »Mein Mund ist ganz trocken, ich habe Durst.« Sie fuhr sich mit der Zunge langsam über die Lippen.

»Später«, sagte ich bei dem Gedanken daran, dass ich keinen Pfennig mehr in der Tasche hatte. Außerdem sah ich die Kleine aus der Toilette kommen und nach mir Ausschau halten. Ich stellte mein Glas auf dem Tresen ab. Ich wusste nicht so recht, was ich tun sollte. »Ich komme gleich wieder«, sagte ich zu der Dunkelhaarigen.

Auf dem Podium stimmte sich das »internationale« Orchester wieder ein. Sie fingen gleich mit Boleros an, und die Lichter wurden schwächer, bis die Tanzfläche völlig im Dunkeln lag. Im Vorbeigehen sah ich den Typen mit Mittelscheitel der Blondine seine Zunge ins Ohr stecken. Wohin man jetzt auch schaute, wurde geknutscht und gegrabscht.

»Lass uns tanzen«, sagte ich zu der Kleinen, und sie antwortete wie zuvor, einverstanden, aber sie wolle in der Nähe ihrer Freundin sein.

Ihre Freundin, ihre Freundin, dachte ich, während wir auf die Tanzfläche gingen, und als sie mir ihre Ärmchen um den Hals legte, überlegte ich, dass die Hure nicht die ganze Nacht auf mich warten würde. Langsam führte ich die Kleine in die Mitte der Tanzfläche, wo die eng umschlungenen Paare schon gar nicht mehr tanzten. Und da waren auch sie. Zuerst sah ich den König des Rock'n'Roll, besser gesagt die Hand des Rock'n'Rollers, die ihren Rücken hinabglitt ...

»Da hast du deine Freundin«, sagte ich. Die Kleine ließ mich auf einen Schlag los, und wir beide fixierten die Hand auf dem Hintern, den sich ihr entgegen schiebenden Hintern.

Die Kleine stand da wie erstarrt, als könne sie ihren Blick nicht abwenden.

»Ich tanze nicht mehr«, sagte sie plötzlich und rannte beinahe von der Tanzfläche.

Na klar, wieso habe ich es nicht gleich bemerkt, sagte ich mir, die gleichen Augen, der gleiche Mund, aber vielleicht war es letztlich besser so. Die Dunkelhaarige saß noch immer am Tresen. Im Handumdrehen war ich wieder bei ihr.

»Würden Sie mir die Ehre erweisen, gnädiges Fräulein?«, fragte ich sie.

Sie lächelte, auf meine Verbeugung hin zog sie ihre Bluse glatt und stand auf. »Wer tanzt schon mit einer echten Hure«, dachte ich, wieder ganz zufrieden.

Während ich ihr zur Tanzfläche folgte, sah ich zum letzten Mal die Kleine. Sie stand an einem Fenster und sah nach draußen, im Profil zu mir. Sie wird mal den Busen ihrer Mutter bekommen, dachte ich.

DAS OPFER

Sie wartet bestimmt auf mich, dachte Roberto, während er zusah, wie die Leute ihre Taschen in den Gepäckfächern des Busses verstauten. Bei Tageslicht wirkte alles viel beruhigender. Susana würde auf ihn warten, und es würde sie freuen zu erfahren, dass er seine Prüfung geopfert hatte. Alles würde sich wieder einrenken.

Er holte ihren Brief aus der Tasche: *Zum ersten Mal bin ich mir ganz sicher: Zwischen uns ist es aus.* Er konnte sich nicht dazu durchringen, ihn noch einmal ganz zu lesen. Er hatte vor allem Angst vor sich selbst. *Zwischen uns ist es aus.* Und dann ihre Rechtschreibfehler, die einem so ins Auge sprangen. Und das von *nie* und *niemals* wimmelnde Briefende. Aber Susana war das Einzige in seinem Leben, das er in Sicherheit hatte bringen können. Er dachte an das Telegramm, mit dem er ihr sein Kommen angekündigt hatte. Vielleicht hätte er das anfügen sollen: Dass sie in seinem ganzen Leben das Einzige war, dass es ihm zu lieben gelungen war. Aber das war einer dieser Sätze, die er nicht schwarz auf weiß hätte sehen können; er würde es ihr sagen, gleich bei seiner Ankunft würde er es ihr sagen.

Er steckte den Brief wieder ein und suchte in seiner Tasche das Buch, das er für die Fahrt gekauft hatte. Man hatte ihm gesagt, Patricia Highsmith sei wesentlich mehr als eine Krimiautorin und *Das Opfer* sei eine ihrer besten Geschichten. Während er zerstreut den Klappentext las, musste er an die Diskussion denken, die er einmal mit Susana wegen der Bücher gehabt hatte. »Ich verstehe nicht«, hatte sie gesagt, »wie du stundenlang einfach nur lesen kannst. Und das Leben? Wann lebst du denn?«

Das hatte seine alte innere Ungeduld hervorgerufen. Trotzdem hatte er ihr zu erklären versucht, was Bücher für ihn bedeuteten. Er hatte ihr von der Robin-Hood-Reihe seiner Kindheit erzählt, von den Büchern, die er in seiner Jugend entdeckt hatte. Er ging sogar so weit, ihr anzuvertrauen, was er niemandem je gesagt hatte: dass diese Romanhelden ihm oft beistanden, dass er sich immer noch von ihnen Rat geben ließ.

Susana hatte ihn eine Weile halb argwöhnisch, halb erschrocken gemustert. »Aber das ist doch alles nicht *wirklich*«, hatte sie gesagt. In ihm stieg die Verärgerung auf, die ganz schnell gefährlich werden konnte, wie er wusste. »Ich kenne deine Definition von Wirklichkeit nicht«, hatte er gelangweilt geantwortet – es wäre zu einfach gewesen, sie eines Besseren zu belehren. »Wie auch immer«, hatte sie mit überlegener Miene gesagt, »ich lebe lieber mein eigenes Leben statt in Büchern.« Das hatte ihn in Rage versetzt. Die unvermeidlichen Gemeinplätze, Floskeln, Binsenweisheiten. Sein eigenes Leben leben. Sie hatte absolut nichts begriffen. Er hatte gespürt, wie etwas in ihm angestrengt zu suchen begann, sein Gedächtnis nach einem Satz durchforstete, der sie niederwälzen würde.

Sein eigenes Leben leben. Der freie Willen. Oscar Wilde, genau: »Gehen wir zum Magneten, sagten die Eisenspäne.« Doch dann hatte er nichts gesagt. Er wusste, dass Verachtung irreparabel war.

An jenem Tag hatte er ihr jedoch nicht die ganze Wahrheit über die Bücher gesagt. Da war noch etwas. Denn er fühlte, dass die Literatur die einzige Welt war, in der er sein konnte, eine Welt, in der das Glück schnell vorüber ist, wo nichts Schönes zu lange dauern konnte und jede Freude sogleich verdächtig wurde. Wo Grausamkeit nicht nur legitim, sondern auch notwendig war. *Die Quelle, aus der das Ungeheuer trank.*

Der Bus fuhr pünktlich los. Der Platz neben ihm war frei geblieben, sodass er es sich bequem machen konnte. Kaum hatten sie die Stadt verlassen, schlug er sein Buch auf. Die Landschaft kam ihm trostlos langweilig vor, mit allen Dingen, die er zu gut kannte, ging es ihm so. Seit Susanas Mutter krank geworden war, seit beinahe einem Jahr, unternahm er diese Reise zweimal monatlich.

Ihm wurde der unglückliche Peter sympathisch. Peter befand sich in der Notaufnahme eines Krankenhauses. Man hatte einen Raubüberfall auf ihn verübt, und obwohl er sich nicht gewehrt hatte, hatte er einen Messerschnitt im Gesicht davongetragen. Die Krankenschwester, die ihn verarztete, versuchte ihn zu trösten. *Es wird nur eine kleine Narbe bleiben*, sagte sie, *und Männer mit Narbe sind so viel interessanter.*

Die Krankenschwester war, was Rip, einer von Peters Arbeitskollegen, als *hübsches Mäuschen* bezeichnet hätte. Peter verabscheute Rip, auch Roberto war er langsam zuwider: Jeden Tag brachte Rip das Thema irgendwann unweigerlich auf Frauen. Und das nur, um Peter zu ärgern, weil Peter der einzige Junggeselle im Büro war und ihm nie auch nur ein Verhältnis nachgesagt werden konnte. Trotzdem stimmte es nicht, was sie dachten, es stimmte nicht, dass Peter sich nicht zu Frauen hingezogen fühlte. Nur waren die Frauen, zu denen er sich hingezogen fühlte, schlicht außerhalb seiner Reichweite, die glitzernd gekleideten Zehntausend-Dollar-Frauen, die langsam die Operntreppen herunterkamen und auf die Peter gerade einen Blick erhaschte, ehe sie ins Taxi stiegen. Frauen, die ihn armen Dreihundert-Dollar-Angestellten niemals wahrnehmen würden.

Roberto wurde von Bewunderung für Peter ergriffen. Er konnte die Frauen nicht haben, die er wollte? Na gut, dann würde er eben keine haben.

Peter hatte den Raub angezeigt, aber im Polizeikommissariat hatte man ihm keine großen Hoffnungen gemacht. Es gab Tausende solcher Fälle, und offenbar wurden die Täter immer zahlreicher. *Kaufen Sie sich einen Revolver*, hatte man ihm geraten, *wir kommen da nicht mehr hinterher*. Als Peter sich am nächsten Tag unverhofft seinem Spiegelbild gegenübersah, hatte er an diese Worte gedacht. Trotz allem hatte er im Lauf der Zeit Zuneigung zu seinem nichtssagenden, leicht mädchenhaften Gesicht gefasst, auf das keine Zehntausend-Dollar-Frau je aufmerksam werden würde. Jetzt hatte er Mühe, es wiederzuerkennen: Der Schnitt in der Wange verlieh ihm ein zwielichtiges Aussehen, aber auf eine lächerliche Weise wie bei einer Comicfigur, einer Karikatur. Er stellte sich die Witze vor, die Rip reißen würde, wenn er ins Büro käme. Rip liebte es, Spitznamen zu erfinden. Da wurde er von einer Wut überkommen, wie er sie bis dahin an sich nicht gekannt hatte, einem Zornausbruch, dem nicht beizukommen war, und am selben Nachmittag kaufte er sich eine kurze 38er mit sechs Schuss.

... und am selben Nachmittag kaufte er sich eine kurze 38er mit sechs Schuss. So endete das erste Kapitel. Roberto spürte, dass er sich in ein Niemandsland begab. Die harmlosesten Sätze bekamen mit einem Mal Bedeutung, die Worte erlangten neues Gewicht, einen neuen Klang. Jetzt war eine Pistole im Spiel und verhängte über alles eine Bedrohung. War es nicht eben das, was laut Tschechow die Literatur von der Wirklichkeit unterschied? Wenn da eine Pistole ist, dann wird sie auf den nächsten zweihundert Seiten irgendwann einen Schuss abgeben. Die Figuren

zeichneten sich schärfer ab: Von nun an würde es nichts Zufälliges mehr in ihren Worten oder Taten geben. Die wahre Geschichte begann sich ihren Weg zu bahnen und würde allem den Herzschlag einer Tragödie verleihen. Die gebündelte Wirklichkeit, das war die Literatur. Er sah von dem Buch auf und hörte auf die Unterhaltungen ringsum. Die Frau hinter ihm zum Beispiel schwatzte ohne Unterlass. Und sie hätte noch stundenlang weiter ihr Sommerhaus beschreiben können, bis hin zu den Mustern auf den Badezimmerfliesen, ohne dass es irgendeinen Unterschied gemacht hätte. Oder sie könnte plötzlich verstummen und es wäre ganz gleich. Ebenso wie die Landschaft, wo in irritierend exakten Abständen Telefonmasten vorbeizogen, von denen er Hunderttausende zählen könnte, ohne dass ihn irgendjemand unterbrechen würde. Und würde ein Mast fehlen, wäre da plötzlich ein Loch, würde es auch nichts ausmachen, es gäbe sogleich eine offensichtliche Erklärung dafür, einen Blitz oder einen Sturm. Nirgends barg sich eine Absicht, die Dinge geschahen einfach blind, nutzlos. Sie trugen sich so zu, könnten sich aber ebenso gut auf irgendeine andere Weise zutragen. Er könnte die Kühe und die Masten wegdenken, er könnte jede einzelne Badezimmerfliese wegdenken, er könnte die Frau hinter ihm wegdenken, und er könnte sich selbst wegdenken. Nichts war notwendig. Triumphierend kreiste ihn die Wirklichkeit von Susana ein, die niederdrückende Überlegenheit der Zwecklosigkeit.

Wegen seines chronischen Asthmas war Peter nicht für Vietnam eingezogen worden, sodass er seine letzte Waffe womöglich mit neun Jahren in Form eines Spielzeugrevolvers in der Hand gehalten hatte. Trotzdem kam ihm die Pistole seltsam vertraut vor, und ihr ungewohntes Gewicht in seiner Sakkotasche störte ihn gar nicht, sondern erwies sich als angenehme, tröstliche Gesellschaft. Und bald wurde er sich der noch beunruhigenderen Tatsache bewusst, dass es ihm schon wie den Kommissaren im Fernsehen ging und die Pistole Teil seiner Garderobe geworden war, er konnte nicht mehr ohne sie auf die Straße gehen.

Die zweite Überraschung war wesentlich erfreulicher. Sie stellte sich ein, als er wieder ins Krankenhaus ging, um die Fäden ziehen zu lassen. Es war ein drückend heißer Tag, und Peter merkte, dass die Krankenschwester nichts unter ihrem Kittel trug. Als sie sich über sein Gesicht beugte, fiel sein Blick auf einen schwellenden Busen und den dunklen Rand einer Brustwarze, und unwillkürlich begann seine Hand mit einem Mal, an ihren Knöpfen herumzunesteln. Die Krankenschwester schob sie mit einem nachsichtigen Lächeln sanft weg. Sie wirkte nicht verärgert, und Peter verließ das Krankenhaus mit ihrer Telefonnummer.

Roberto lächelte. Es hatte ihn drei Monate gekostet, bis er Susana das erste Mal entkleiden durfte. Drei Monate mit Flehen und Erniedrigungen, Drohungen und gescheiterten Attacken. In den Romanen war nie die Rede von den kleinlichen Händeln der Liebe.

Und es gab noch eine dritte Überraschung. Diesmal im Büro, als Rip einen Witz über seine Narbe machen wollte. Während die anderen lachten, zückte Peter die Pistole. Alle verstummten, und Peter sah, wie sie in Panik gerieten. Vor allem Rip. Und obwohl er ihnen zeigte, dass die Waffe nicht geladen war, und ihnen mehrmals versicherte, er wüsste sie gar nicht zu bedienen, schien noch etwas anderes sie einzuschüchtern, denn sie fixierten weiter argwöhnisch die glanzlose Pistole im Neonlicht, den *brünierten* Lauf, der auf niemanden gerichtet war.

Roberte verspürte eine sonderbare Faszination. Bestimmt lag es an diesem Adjektiv, *brüniert*. Er wusste nicht, was es genau bedeutete, und natürlich hätte er nie in einem Wörterbuch nachgeschaut – ein Wörterbuch würde ihn nur enttäuschen. In anderen Romanen war ihm dieser Begriff im Bezug auf Waffen gelegentlich untergekommen und hatte für ihn mit der Zeit eine bedrohliche Bedeutung erhalten. Eine brünierte Waffe musste unweigerlich töten. Doch im Wörterbuch wäre »brüniert« ein wesentlich weniger gefährliches Wort oder, schlimmer noch, die Bedeutung wäre eine ganz andere.

Ein vorbeihuschendes Straßenschild gab an, dass sie noch 90 Kilometer vor sich hatten. Er musste sich anstrengen, um sich seine Beklemmung vom Vortag hervorzurufen, seinen Entschluss, die Fahrt zu unternehmen, das Telegramm. All das schien sonderbar fern, als wäre in irgendeinem Moment der Faden gekappt worden, der dieser Reise einen Sinn verlieh. Er konnte sich nicht einmal mehr daran erinnern, was er Susana gleich bei seiner Ankunft hatte sagen wollen; was auch immer es war, er hatte keinen Zweifel, dass es sich inzwischen ganz lächerlich für ihn anhören würde. Er versuchte, sich die an der Busstation wartende Susana vorzustellen, doch ihr Gesicht verschwamm, und immer wieder legten sich die schwellenden Brüste der Krankenschwester darüber, die dunkle, flüchtig erspähte Brustwarze. Susanas Brustwarzen waren zart und rosig. Als er sie endlich nackt gesehen hatte, war Roberto gleichzeitig erfreut und unangenehm berührt gewesen. Ihre Brüste waren nicht groß, ganz klar, aber auch nicht so klein, wie er befürchtet hatte. Seine Enttäuschung war schwierig zu benennen gewesen, aber er verspürte sie immer, wenn sich ihm etwas Unbekanntes eröffnete, wenn er sich dem Unerreichbaren gegenübersah. *Begehrte Frauen und Ideale sind – leider – erreichbar.* Ja, vielleicht war es das. Vor ihm stand Susana, endlich nackt, und es war ein schöner Körper, aber mehr würde da nicht sein. So waren ihre Brüste und so würden sie immer bleiben. Ihre Nacktheit war so endgültig, so lapidar wie das Wörterbuch, und eben das stimmte ihn niedergeschlagen.

Er tauchte erneut in das Buch ein und fand Peter auf

einem Schießstand wieder. Er hatte beschlossen, den Umgang mit der Pistole zu lernen. Der Lehrer zeigte ihm gerade das richtige Zielen. Peter, der in seiner Jugend immer der schlechteste im Sport gewesen war, hatte das unerklärliche Gefühl, dass ihm das hier nicht allzu schwer fallen würde. Er fixierte die schwarze Pappfigur dreißig Meter vor ihm, streckte selbstsicher den Arm nach vorne und gab die sechs Schüsse ab. Und während er auf die zerfetzte Figur zuging, unter dem verwunderten Blick des Lehrers, denn alle Schüsse waren ins Schwarze gegangen, sah er wieder die entsetzten Blicke seiner Arbeitskollegen vor sich, und da begriff er, plötzlich und klar, wie sich eine schreckliche Wahrheit einstellt, dass er, Peter Arthur Jones, in Wirklichkeit ein Mörder war. Dass er, wie andere mit einem Sinn für Musik oder Geschäfte, dazu geboren war, zu töten.

Roberto schrak zusammen. Er verstand es! Er verstand es vollkommen, so etwas hatte er selbst schon oft gedacht.

Im Lauf der Tage verwandelte sich diese Entdeckung, die Peter mit Schrecken erfüllt hatte, diese tiefe Überzeugung, deren Ursprung ihm verhüllt blieb, zunächst in etwas, womit er sich abfand, und schließlich in ein Gebot. Die Pistole auf dem Tisch gab ihm allein durch ihre Präsenz einen Befehl, den Peter vergeblich zu ignorieren versuchte. Er war ein Mörder, *er musste töten.*

Roberto merkte, dass er sich der perversen Logik der Erzählung nicht entziehen konnte. Das Buch wirkte ansteckend. Rings um ihn dösten die Insassen, der Bus glitt im Rhythmus der Atemzüge dahin. Er sah aus dem Fenster. Die Sonne war schon untergegangen, am Himmel herrschte die letzte schutzlose Helligkeit kurz vor der Nacht.

Er begann das dritte Kapitel. Peter stellte eine Liste der Personen auf, die er am meisten hasste. An erster Stelle natürlich Rip, dann sein Chef, dann seine Nachbarin, die unter Schlaflosigkeit litt und spätnachts Möbel herumrückte. Nach einem kurzen Zögern fügte er auch noch den Namen einer ehemaligen Lehrerin hinzu. Er war sich nicht sicher, ob er sie wirklich hasste, aber letztlich hatte er ihretwegen ihr ein Schuljahr wiederholen müssen. Er ging die Namen noch einmal durch und zerriss die Liste. Das brachte gar nichts. Jemanden zu töten, den man hasste, war kein richtiger Mord. Ein Mörder musste ohne mildernde Umstände töten. Aber wen dann? Den erstbesten Passanten? Nein, das konnte es auch nicht sein, es war zu willkürlich; er sah nicht ein, dass der Zufall seinen Mord schmälern sollte. Aber wen nur, fragte sich Peter, wenn er Tag für Tag die Pistole betrachtete und sich von ihr angestachelt fühlte. Bis sich eines Nachts, während er die Trommel reinigte und erneut die Kugeln einsetzte, die Antwort mit dem trockenen Klacken der Drehbewegung von ganz allein einstellte: Man musste noch einen Schritt weiter gehen. So wie die einen für Musik oder Geschäfte geboren waren, so wie er zum Töten geboren war, genauso musste es andere geben, die dazu geboren waren, sich in Opfer zu verwandeln. Peter frohlockte innerlich. Das war es: Wenn es Mörder gab wie ihn, dann musste es auch Opfer geben.

Roberto merkte, dass sie beinahe angekommen waren. Er würde das Kapitel nicht zu Ende lesen können. Er sah auf die Uhr: Viertel nach sieben. Seine Mitstudenten gaben gerade ihre Prüfungen ab. Die anderen Insassen des Busses begannen, ihre Taschen auf die Sitze herunterzuheben, und einige Frauen überprüften in Handspiegeln ihre Frisuren. Der Bus fuhr langsam, mit einem lustlosen Seufzen im Busbahnhof ein.

Und da stand Susana. Roberto sah sie sofort. Sie hatte das rotes Kleid an, das ihm so gut gefiel. Da war sie also und wartete auf ihn. Er sah ihr ungeduldiges Lächeln, ihre Augen, die unter den ersten Aussteigenden unruhig nach ihm suchten. Wäre sie nur nicht so erwartungsvoll, unvorbereitet, glücklich gewesen. Hätte sie nur nicht dieses rote

Kleid angezogen, hätte sie zumindest von dieser kleinen hingebungsvollen Geste abgesehen. Aber das Ungeheuer war im Übermaße getränkt, und jetzt gab es kein Zurück mehr. Er merkte sorgfältig die Seite ein, schloss das Buch und ließ höflich eine Dame vor, die den Gang entlangkam. Er hatte keine Eile auszusteigen.

DIE NACHHOLPRÜFUNG

1984 war ich vierundzwanzig Jahre alt und schrieb an meiner Abschlussarbeit in Mathematik, deren Titel »Über die tetraedralen und pseudokomplementierten Logiken bei Lukasiewicz« meine Freunde aus irgendeinem Grund sehr lustig fanden. Ich wohnte in einer kleinen Wohnung in der Nähe des Kongresses, und obwohl ich oft das Abendessen ausließ, kam ich mit meiner Studienförderung gerade so bis zum Monatsende. Deshalb hatte ich eine Assistenzstelle in der Abteilung für mathematische Logik an der wissenschaftlichen Fakultät angenommen. Dank dieses Gehalts konnte ich mir ein Abonnement im Mozarteum leisten, gelegentlich ein Buch kaufen und zweimal im Monat ins Kino gehen. Mein Kurs fiel in den Abendzyklus und meine Studenten waren genauso alt wie ich, häufig sogar älter.

Ich unterrichtete sehr gern. Mehr noch, es bereitete mir eine innere Befriedigung, wie ich sie bis dahin nicht gekannt hatte. Ich war – ich bin – etwas schüchtern, aber ich machte die Erfahrung, dass ich auf dem Podest neben dem Pult mit einem Stück Kreide in der Hand zu einem anderen wurde. Plötzlich gingen mir die Sätze ungewohnt leicht von den Lippen, und ich konnte die schwierigsten Formeln mit einem vergnügten Elan erklären, der sich auch auf meine Studenten übertrug. Verblüfft und nicht ganz ohne Stolz merkte ich, dass ich in der Lage war, sie mit der cantorschen und der russellschen Antinomie in den Bann zu ziehen oder sie mitten in einer Beweisführung, in dem Augenblick der Ungewissheit zwischen Hypothese und These so auf die Folter zu spannen, dass ich sie sogar bisweilen mit einem dieser abstrusen Witze, die nur Mathematiker verstehen, zum Lachen bringen konnte. Zum ersten Mal in meinem Leben hatte ich das Gefühl, fesselnd zu sein.

Ein Mädchen gab es allerdings unter meinen Studenten, das sich nicht gewinnen ließ. Sie hatte einen unaussprechlichen Nachnamen und fehlte nie, unweigerlich saß sie in einer Ecke in der letzten Reihe. Sie war sehr hübsch, machte aber nicht den Eindruck, als wolle sie ihre Schönheit betonen: Sie war selten geschminkt und stets scheinbar bewusst schlicht gekleidet, wie um zu verhindern, dass man sie ansah.

Sie schrieb eifrig mit, doch bald verdächtigte ich sie, dass sie nicht besonders viel verstand. Vor allem war offensichtlich, dass kein Wort, das während des Kurses fiel, sie in irgendeiner Form interessierte. Sie beschränkte sich darauf, von der Tafel abzuschreiben, und jedes Mal, wenn ich eine Bemerkung machte, die über das Thema hinausging, mir aber interessant erschien, kam mir aus ihrer Ecke ein resigniertes, unaufmerksames Schweigen entgegen und nahm mir manchmal den Wind aus den Segeln. Meine Scherze konnten ihr kaum je ein Lächeln entlocken, und immer wieder sah sie auf die Uhr, als sei der Kurs für sie eine lästige Pflicht.

Trotz allem verärgerte mich dieses Mädchen nicht, es rührte mich eher an. Ihr stummer Widerstand hatte etwas Pathetisches, Befremdliches, und jedes Mal, wenn ich eine neue Definition gab oder eine Erklärung wiederholte und die anderen dazu nickten, hatte ich das Gefühl, dass wir sie immer weiter hinter uns ließen.

Für ihren Heimweg von der Universität nahm sie denselben Bus wie ich. Gemeinsam legten wir in besonnener Entfernung die Fahrt zurück, aber ohne ein Wort aneinander zu richten. Ich stieg als Erster aus, in der Calle Rodríguez Peña Ecke Rivadavia, und ich erinnere mich, dass ich nie zu einer Lösung für das fraglos banale Problem gelangte, ob ich mich beim Aussteigen von ihr verabschieden sollte oder nicht.

Bei der ersten Zwischenprüfung stellte ich dann fest, dass sie ihren Stolz hatte. Die Prüfung war ziemlich schwer, und die anderen Studenten riefen mich unaufhörlich zu sich und versuchten, mir irgendeine Fährte zu entlocken, irgendeinen Hinweis, wie sie diese oder jene Aufgabe lösen sollten. Sie nicht. Sie wurde zwar immer nervöser, doch die gesamten vier Stunden sah sie nicht von ihren Blättern auf. Als sie schließlich abgab, sah ich, dass sie gerade einmal die erste Aufgabe angefangen hatte.

Die Zeit verging schnell. Ich kam mit meiner Doktorarbeit gut voran, und in dem Wust meiner Aufzeichnungen erfüllte mich mehr und mehr die einsame, nicht mitzuteilende Euphorie der Mathematiker: Was ich da schrieb, war beinahe unverständlich, aber zugleich absolut wahr. In diesem Semester verzichtete ich zwei Monate aufs Kino und kaufte mir von dem Ersparten ein Bücherregal aus Bambus, in dem Gramsci Seite an Seite mit Piskunow stand, Rey Pastor neben Gombrowicz und die Principia Mathematica neben den verstaubten Buchrücken von den Antiquaren der Calle Corrientes. Sonst kann ich mich an nichts Besonderes erinnern. Ich war glücklich, und zum Glücklichsein braucht man keine großartigen Gründe.

Der Kurs verlief weiter ohne Zwischenfälle. Als ich von den Unvollständigkeitssätzen sprach, sah ich, wie sich auf allen Gesichtern erst Verunsicherung, dann beinahe ehrfürchtige Verblüffung abzeichneten. Ich warf einen Blick auf besagte Studentin, doch nicht einmal Gödel schaffte es, sie aus der Reserve zu locken. Im Grunde erstaunte es mich, dass sie meinen Unterricht noch immer besuchte, inzwischen war ich davon überzeugt, dass er ihr zweistündige Qualen bereiten musste.

Ich ließ die zweite Prüfung schreiben, und obwohl sie einfacher war als die erste, gab sie nichts ab. Vom Pult aus sah ich sie Blätter vollkritzeln, nervös auf ihrem Bleistift herumkauen, vergeblich mit sich ringen; kein einziges Mal bat sie um Hilfe. Als die Zeit um und der Hörsaal beinahe leer war, packte sie langsam ihre Sachen in den Rucksack und ging. Ich sammelte die letzten Prüfungen ein und verließ den Hörsaal kurz danach. An der Bushaltestelle stieß ich auf sie.

Es war kalt, es war dunkel und wir waren die einzigen beiden Wartenden, ich musste also etwas sagen. Aber wir befanden uns nicht mehr im Hörsaal, und ich fühlte mich wieder schüchtern und linkisch wie immer. Und sie war ein vor Kälte bibberndes hübsches, trauriges Mädchen.

»Du hast nichts abgegeben«, sagte ich mit gespielter Strenge und deutete mit dem Zeigefinger auf sie.

Stumm deutete sie ein Lächeln an und stellte ihren Mantelkragen auf. Da kam der 37er, beinahe leer. Sie stieg als Erste ein, und während ich meinen Fahrschein löste, sah ich sie zwischen den beiden Sitzreihen zögern. Schließlich entschied sie sich für die mit den Doppelsitzen. Ich setzte mich neben sie. Ein unsicheres Schweigen stellte sich ein und drohte anzudauern.

»Heute war die Prüfung nicht so schwer«, sagte ich.

»Ja«, sagte sie mit einem bitteren Unterton, »das haben die anderen auch gesagt.«

»Und was ist mit dir?«, fragte ich sanft.

Sie fixierte das Muster ihres Rucksacks.

»Ich mag das alles nicht«, sagte sie leise.

»Was magst du nicht? Die Logik, das Studium, die Universität?«

Ich lächelte aufmunternd. Sie hob langsam den Blick. Ihre Miene war ernst.

»Ich mag nichts«, sagte sie. Ihre Stimme klang ganz fest. Ich sah sie ungläubig an.

»Nichts ... aber das kann doch nicht sein, irgendetwas muss es doch geben, das du magst«, hörte ich mich sagen. »Hast du nicht vielleicht daran gedacht, das Studium zu wechseln? Vielleicht liegt dir die humanistische Richtung ja mehr, Literatur, Psychologie, irgend so etwas.«

»Nein, ich mag nichts«, wiederholte sie im gleichen Tonfall. Ich überlegte krampfhaft, aber seltsamerweise fiel mir nicht ein, was ich ihr sonst noch hätte vorschlagen können.

»Und irgendetwas Künstlerisches?«, versuchte ich es. »Malerei, Theater.«

Sie schüttelte mechanisch den Kopf, als hätte sie schon oft dieselbe Liste aufgestellt.

»Oder vielleicht Sport. Magst du Sport?«

»Ich mag nichts«, antwortete sie.

»Na schön«, kam ich nicht umhin zu sagen, »dann bleibt dir wohl nichts anderes übrig, als zu heiraten.«

Ein schmerzlicher Schatten legte sich über ihren Blick, als habe sie einen unverhofften Schlag erhalten. Sie wandte sich ab und sah aus dem Fenster. Eine Art Schwindel überkam mich. Der Bus fuhr gerade an den Seen entlang, wir hatten noch nicht einmal die Plaza Italia erreicht, und schon war das dürftige Gerüst, mit dem man sich einem fremden Leben nähert, von diesem Mädchen mit ihrem hartnäckig wiederholten kleinen Satz, mit drei Worten einfach niedergerissen worden. Plötzlich zeigte sich mir die verborgene Zerbrechlichkeit, die allen Dingen innewohnte; ich fühlte mich wie vor einem Bühnenbild, das ich stets aus der Entfernung gesehen hatte und dessen bemalte Pappmaschee und grobe, flache Umrisse mir jemand mit einem Mal direkt vor Augen hielt.

Ich bemerkte, dass der Bus abbog, und stand auf. Ich

wollte nur noch raus. Ich mochte Bücher und Musik, ich mochte Kinofilme, Mathematik.

»Ich muss aussteigen«, sagte ich.

Sie sah mich überrascht an, und wieder vermeinte ich einen schmerzlichen Schatten über ihren Blick huschen zu sehen. Vielleicht wusste sie, dass das noch nicht meine Haltestelle war. Doch ich stand schon.

»Die Nachholprüfung wird nicht schwierig sein«, sagte ich. »Präge dir den Satz von Rice gut ein und trete gleich in der ersten Gruppe an, ja?«

Sie nickte, und beim Aussteigen sah ich, dass sie wieder abwesend aus dem Fenster blickte.

Kurze Zeit später wurde mir eine Lehrstelle in La Plata angeboten, zum beinahe doppelten Gehalt. Ich nahm natürlich sofort an. Von dem Mädchen habe ich nie wieder gehört.

FREUDEN UND SCHRECKEN DER HUTHEIT

Für Liliana Heker

Vor Kurzem musste ich auf eine Behörde in der Calle Bacacay gehen, um eine Steuer zu entrichten, deren Zahlungsfrist abgelaufen war. Da es das erste Mal war, dass mir so etwas passierte, wandte ich mich an den Informationsschalter und reichte meine Zahlungsaufforderung einem schläfrigen Alten, der sich über meinen Anblick zu freuen schien.

»Na, dann wollen wir mal sehen, hübscher junger Mann.« Er zog eine runde Brille aus der Jackentasche und studierte eingehend das Datum.

»Zwanzig Tage! Zwanzig Tage zu spät!«, sagte er mit einem befriedigten Lächeln. »Das ist aber gar nicht gut, junger Mann, ganz und gar nicht gut. Zur Strafe die rechte Schlange, das ist die längere.«

Tatsächlich waren beide Schlangen endlos lang. Sie mündeten in einen Schalter oder vielmehr an einer einfachen Holzplatte, an der zwei Beamte die Zahlungsaufforderungen abtrennten und stempelten. Auf den ersten Blick war zu sehen, dass der Beamte auf meiner Seite ein ziemlich primitiver Zeitgenosse war. Nicht nur an seinem Gesicht, das ein Boxer bearbeitet zu haben schien, oder an seinem blöde verschlagenen Blick; seine ganze Arbeitsweise verriet einen tiefen Groll, das hasserfüllte Gebaren eines eingesperrten Tieres. Er durchtrennte die Formulare heftig mit einem Brieföffner, der sich in seiner Hand ausmachte wie ein Dolch, und jeder seiner Stempelabdrucke dröhnte wie der Hammerschlag, der die Holzplatte endgültig zum Zerbrechen bringen würde.

›Was für ein Wunder der Zivilisation‹, dachte ich, ›dass es gelungen ist, diesem behaarten Untier Sakko und Krawatte anzuziehen.‹ Denn wo die Kleidung auch nur eine Ritze Haut freigab, wucherte bei ihm dichte Körperbehaarung hervor.

Während ich so meinen zivilisatorischen Gedanken freien Lauf ließ, sah ich plötzlich in der linken Schlange das Mädchen mit dem Hut, das sich gerade hinzugestellt hatte.

Es ist normalerweise nicht meine Art, Frauen anzugaffen, trotzdem blieb ich lange in ihre Betrachtung versunken. Ich könnte nicht sagen, was so besonders an diesem Mädchen war, abgesehen von ihrem seltsamen Hütchen. Sie hatte eine gewisse gewöhnliche Grazie, aber schön war sie nicht zu nennen; ihr Gesicht gehörte eher zu denen, die man gar nicht beachtet, wenn man sich nicht gerade in einem Wartesaal oder vielmehr in einer Schlange zur Steuernachzahlung befindet. Es machte auch nicht den Eindruck, als habe ihr Körper irgendwelche bemerkenswerten Kurven aufzuweisen. Trotzdem konnte ich meinen Blick nicht von ihr abwenden, auch als es schon längst nichts weiter zu sehen gab. Sie schaute zerstreut im Saal umher, vermied aber sorgfältig jeden Blickkontakt mit mir, wie Frauen es so meisterhaft können, wenn sie sich beobachtet wissen, und worin nur Kellner in einem Restaurant sie übertreffen. Das verärgerte mich ein wenig, denn schließlich war sie mir nur aufgefallen, sagte ich mir, weil ich nichts zu lesen dabeihatte und alle anderen weiblichen Wesen entweder Rentnerinnen oder dicke Matronen waren, aber jedes Mal, wenn ich wegschauen wollte, war da dieses unerklärbare Abendhütchen, das hochmütig die anderen Frauenköpfe überragte, auf denen höchstens einmal ein Kopftuch die Lockenwickler kaschierte.

Das Knallen des Stempels riss mich schließlich von ihrem Anblick los. Mechanisch wollte ich einen Schritt nach vorne gehen, doch da merkte ich, dass etwas nicht stimmte: Niemand hatte sich von der Stelle gerührt. Schlimmer noch, alle Gesichter, ausnahmslos alle Gesichter waren mir zugewandt. Einen Moment lang erstarrte ich, ratlos. Unauffällig spähte ich zu meinem Hosenschlitz, dort war jedoch alles in Ordnung, und aus den Augenwinkeln vergewisserte ich mich, dass meine Kleidung nirgends peinlich in Unordnung geraten war. Aber als ich damit fertig war, starrten mich immer noch alle gespannt an, mit immer eindringlicheren Blicken. Alle bis auf das Mädchen, das davon nichts bemerkt zu haben schien, allem entrückt in ihrer Hutheit. Eine Frau zeigte kurz auf mich und flüsterte ihrer Tochter etwas ins Ohr, worauf das Kind ebenfalls einen unerträglichen Blick auf mich heftete, während gleichzeitig ein immer ungeduldigeres Gemurmel einsetzte, das aus keinem bestimmten Mund zu kommen schien und doch lauter und lauter wurde.

»Junger Mann! He, Jungchen!«, hörte ich es plötzlich rufen. Es war der Alte vom Informationsschalter, der mir winkte. Ich trat aus der Schlange und ging zu ihm, von allen Blicken verfolgt.

»Sie müssen sich einen Hut aufsetzen«, flüsterte er.

»Einen Hut? Einen Hut?« Ich war mir nicht sicher, ihn richtig verstanden zu haben.

»Einen Hut, ja.« Ungeduldig zeichnete er über seinem Kopf einen Kreis in die Luft. »Wo ist Ihr Hut?«

»Aber niemand hier hat einen Hut auf ...«, sagte ich. »Ich habe keinen Hut. Ich habe noch nie einen Hut besessen.« Und so entschieden ich konnte, fügte ich hinzu: »Das ist absurd. Heutzutage trägt niemand mehr einen Hut.«

Erschrocken drehte ich mich um. Wütende Kommentare wogten auf, und aus einigen Blicke blitzte jetzt offene Feindseligkeit.

»Heutzutage trägt also niemand mehr einen Hut!«, explodierte der Alte. »Zwanzig Tage zu spät! Zwanzig Tage! Und der junge Herr kommt mir mit irgendeiner Mode. Reden wir nicht lange herum«, sagte er in einem unerweichlichen Tonfall. »Setzen Sie sich also einen Hut auf oder nicht?«

In meinem Rücken spürte ich das heikle Schweigen einer kaum noch unter Kontrolle zu haltenden Menge. Ich konnte unmöglich verneinen.

»Aber ... woher bekomme ich denn jetzt einen Hut?«, fragte ich. »Ich kenne die Läden in diesem Viertel nicht. Außerdem möchte ich meinen Platz in der Schlange nicht verlieren.«

Der Alte wirkte milder gestimmt und lächelte wieder.

»Aber mein Junge«, sagte er, »darüber müssen Sie sich keine Gedanken machen.« Und mit der Handbewegung eines Magiers zog er unter seinem Tisch einen ganzen Turm ineinandergestapelter Hüte hervor, der nur durch ein Wunder nicht umstürzte, und stellte ihn vor mich hin.

»Na, was sagen Sie jetzt?« Mit kindlicher Begeisterung nahm er einen Hut nach dem anderen von dem Stapel. »Hier ein Wilhelm-Tell-Hut, hier eine sehr elegante Melone, und hier einer im Humphrey-Bogart-Stil. Oder sonst ein Ganovenhut, wie finden Sie den ... Ach, und sehen Sie nur, ein Zylinder. Sind alle ganz billig.«

Unsicher ließ ich den Blick über die auf dem Tisch verteilten Hüte streifen. Schließlich entschied ich mich für einen aus dunkelgrünem Filz, in meinen Augen der schlichteste und vornehmste von allen.

»Der ist nicht schlecht«, sagte der Alte. »Ein besonnener Hut, würde ich sagen.«

Immer noch misstrauisch ließ ich den Hut kreisen und inspizierte mehrmals seine Innenseite.

»Keine Sorge, er ist gut verarbeitet, doppelt genäht. Schottischer Filz.« Die Stimme des Alten hatte jetzt den ängstlichen Tonfall eines Verkäufers angenommen, der befürchtet, man könnte es sich im letzten Moment anders überlegen. »Also, wollen Sie ihn jetzt endlich aufsetzen?«

Resigniert setze ich ihn mir auf den Kopf. Nie in meinem Leben hatte ich mich so lächerlich gefühlt. Ich wusste nicht einmal, ob er richtig saß.

»Vortrefflich«, sagte der Alte. »Wollen Sie einen Spiegel?«

Ich schüttelte heftig den Kopf. Ich holte mein Geld hervor, um den Hut zu bezahlen, und fand, dass ich damit das Recht auf eine Frage hatte.

»Und die anderen, warum haben die keinen Hut auf?«

Der Alte steckte den Geldschein ein und stapelte die übrigen Hüte wieder übereinander. Da hörte man den Stempel knallen. Ich drehte mich um. Keiner achtete mehr auf mich, alle warteten mit den zerstreuten Blicken von Menschen in einer Schlange darauf, an die Reihe zu kommen, und das unheimliche Kind weinte inzwischen auf eine ganz und gar normale Weise.

»Gehen Sie zurück in die Schlange, mein Junge«, sagte der Alte nachsichtig, »sonst verlieren Sie noch Ihren Platz.«

Ich stellte mich wieder in die Reihe, das grüne Etwas auf dem Kopf. Es war mir unbegreiflich, dass niemand mich anstarrte. Da fiel mein Blick erneut auf das Mädchen mit dem Hütchen, und wieder fühlte ich diese seltsame Anziehung, gegen die ich nicht ankam, doch jetzt war mit einem Mal alles anders! Denn jetzt hatte ich auch einen Hut auf, und zwischen uns, zwischen meinem Hut und ihrem Hütchen, begann sich eine Art Hutheit zu spinnen, eine Hutheit, die sie fraglos auch wahrnahm. Sie sah nicht etwa zu mir, das nicht. Sie befand sich ein Stück vor mir in ihrer Schlange, und um mich anzusehen hätte sie sich auf eine zu offensichtliche Weise umdrehen müssen. Trotzdem war ihre Übereinstimmung mit mir jetzt so klar wie vorher ihre

Gleichgültigkeit, und als sie ihr Hütchen zurechtrückte, was absolut überflüssig war, wusste ich, dass diese Geste mir zugedacht war.

Da geschah noch etwas: Der Beamte ihrer Schlange, der wohl ein Auszubildender war, hielt sich unendlich lange mit einem Formular auf, und besorgt merkte ich, wie unterdessen meine Schlange zum Trommeln des Stempels voranrückte und diese Tausendfüßlerbewegung mich dem Mädchen immer näher brachte. Ohne es verhindern zu können, stand ich irgendwann neben ihr. Die Schlangen befanden sich nicht weit auseinander, und es war mir natürlich furchtbar unangenehm, nachdem ich sie die ganze Zeit so unverfroren gemustert hatte. Ich bemühte mich, meinen Blick gesenkt zu halten. Aber das war gar nicht so leicht, nicht nur wegen des Hütchens, nicht nur, weil ich sie in so unmittelbarer Nähe hatte, sondern vor allem auch, weil sie jetzt mich ansah! Und zwar so direkt und eindringlich, so unverhohlen, dass ich sie schließlich auch wieder anblickte. Eine ganze Weile starrten wir uns wie belämmert an, bis sie offenbar nicht mehr an sich halten konnte und ausrief:

»Sie ... haben einen Hut!« Das sagte sie nicht überrascht und erst recht nicht, um sich lustig zu machen, sondern mit so aufrichtiger Bewunderung, dass ich geradezu ein wenig stolz auf meinen Hut wurde.

»In der Tat«, antwortete ich und berührte ihn leicht. »Schottischer Filz.«

»Was Sie nicht sagen, ich habe einen Onkel in Schottland«, sagte sie, den Blick unverwandt auf mich und meinen Hut gerichtet, mit einer hingerissenen Reglosigkeit, die mich langsam ungeduldig machte.

»Verzeihen Sie«, sagte sie plötzlich und sah beschämt zu Boden. »Aber es ist einfach unglaublich. Genauso stand es in meinem Horoskop. Und meine Farbe des Tages ist Grün! Glauben Sie an Horoskope?«

»Ich glaube an Statistiken«, sagte ich. »Ich bin Physiker für Statistik.«

»An Statistiken, natürlich, ich auch«, sagte sie. »Ich glaube nicht an Parapsychologie oder Tarot oder dergleichen. Aber an Horoskope schon. Denn Astrologie ist reine Statistik: Interplanetare Statistik und Physik.« Sie sah mich lächelnd an, als wären wir wieder auf einer Seite. Ich nehme an, sie wartete auf eine Zustimmung meinerseits. Glücklicherweise bewegte sich ihre Schlange in eben diesem Moment ein Stück vorwärts, sodass ich um eine Antwort herumkam.

Da merkte ich, dass der behaarte Unmensch mit dem Stempel in der Luft innegehalten hatte und ebenfalls das junge Mädchen ansah. Mit einem eindeutig anzüglichen Blick, anders kann man es nicht sagen. Als er endlich seinen Stempel herunterdonnern ließ und ich ihr wieder näher rückte, stieg für einen Augenblick ein Beschützerinstinkt in mir auf, der allerdings nur kurz anhielt, denn ich sah, dass sie mich mit einem unerträglichen Lächeln erwartete, mit einem Lächeln, das allem beipflichten, mit allem einverstanden sein würde, was ich sagte. Ich beschloss, sie reden zu lassen.

»Und was stand noch in Ihrem Horoskop?«, fragte ich, um überhaupt irgendetwas zu fragen; sonst hätte ich mich wohl nach dem schottischen Onkel erkundigen müssen.

»Da stand ...« Sie wurde rot. »Ach nein, das kann ich Ihnen nicht sagen.« Sie lachte auf.

Unvermittelt hob sie ihren Kopf, und einen Moment lang hatte ihr so perfekt von dem Hütchen abgerundetes Gesicht einen unwiderstehlichen Charme, die verunsichernde Anziehung, die manchmal ganz banalen Dinge zu eigen ist, so wie man unter der Dusche auch keine Gluck-Arien singt, sondern den letzten Hit aus den Charts.

»Ihr Sternzeichen ist bestimmt Stier«, hörte ich sie sagen.

Das ärgerte mich doppelt, zum einen, weil ich es hasse, einzugestehen, dass ich mein Sternzeichen weiß (so wie ich es hasse, die Funktionen meines Verdauungsapparates oder bestimmte Fernsehstars zu kennen), zum anderen wohl, weil sie recht hatte. Natürlich ist die Wahrscheinlichkeit eines Treffers hierbei relativ hoch, eins zu zwölf, trotzdem kam es mir wie ein mangelnder Respekt gegenüber dem Zufall vor.

Ich gab zu, dass ich Stier war.

»Ich wusste es, ich war mir sicher«, sagte sie mit einem triumphierenden Lächeln, was mich noch mehr verärgerte, und sie nützte ihren kleinen Sieg, um mir eine Lektion über meine Stier-Persönlichkeit zu erteilen. Die beiden Schlangen rückten jetzt beinahe im Gleichtakt vor, was ihr erlaubte, auch alle übrigen Sternzeichen durchzugehen.

Und die ganze Zeit über musste ich unentwegt denken, dass die Züge dieses Mädchens, ihr Gerede, die kindliche Begeisterung, mit der sie mir ihre beschränkte Wissenschaft erklärte, dass alles an ihr banal war, unendlich banal, was aber ein ums andere Mal allein durch ihr Hütchen auf wundersame Weise ausgeglichen wurde; und so hörte ich ihr mit der vergeblichen, aber nie ganz verbannten Hoffnung zu, irgendeine unerwartete Geste, ein wenn schon nicht intelligenter, so doch wenigstens ironischer Blick oder auch nur ein winziges Fremdwort möge bestätigen, dass das Eigentliche an ihr das Hütchen war und alles andere Hochstapelei, eine jämmerliche Rolle, die ihr zugefallen war.

»Jetzt müssen Sie raten«, unterbrach sie sich plötzlich.

Ich hatte längst den Faden verloren, außerdem ist mir, das sagte ich wohl schon, jede Art von Rätselraten zutiefst verhasst, weshalb ich nur eine angemessen fragende Miene aufsetzte und abwartete.

»Aber das ist doch kinderleicht«, sagte sie wie eine nachsichtige Lehrerin. »Ich bin ein typischer Schütze, das kann ich gar nicht verbergen. Haben Sie das noch nicht gemerkt? Verträumt, sensibel. Im Kino weine ich immer. Und vor allem bin ich impulsiv. Was sagen Sie dazu«, fuhr sie fort, »Stier und Schütze, ist das nicht unglaublich? Extreme Gegensätze im Sternbild. Wissen Sie, was das heißt?« Ihre Stimme klang geheimnisvoll.

»Dass wir wenig gemeinsam haben?«, fragte ich ohne große Hoffnung. Sie schüttelte den Kopf und trat etwas näher, als wolle sie mir etwas ins Ohr flüstern. Sie legte eine Hand auf meinen Arm.

»*Sie ergänzen sich*«, sagte sie, als hätte sie eine magische Formel ausgesprochen. Ihre Hand sah seltsam kindlich aus, wie ich bei der Gelegenheit feststellen konnte, alle Fingernägel waren abgeknabbert. Sie zog sie langsam zurück, ohne den Blick von mir zu wenden. In diesem Moment hörte ich hinter mir ein ungeduldiges Hüsteln: Ich war an der Reihe.

Ich machte einen Schritt nach vorne und überreichte meine Zahlungsaufforderung. Der Unmensch sah mich undurchdringlich an, machte aber keine Anstalten, sie entgegenzunehmen.

»Der Hut«, sagte er, »Der geht nicht. Nächster!«

Einen Augenblick war ich verunsichert. Den Hut hatte ich völlig vergessen. Aber er war noch da, saß ganz ohne Zweifel auf meinem Kopf. Ich rückte ihn etwas zurecht, und der weiche Stoff an meinen Fingern, vielleicht auch die Erinnerung, dass es sich um schottischen Filz handelte, flößte mir genügend Mut ein, um mich nicht von der Stelle zu rühren.

»Einen Moment, bitte«, sagte ich, und mein Tonfall war dabei so zivilisiert wie nur irgend möglich. »Können Sie mir bitte sagen, warum er ›nicht geht‹?«

Der Unmensch sah mich an, als zweifele er, ob eine Antwort überhaupt der Mühe wert sei.

»Weil ich es sage. Kapiert? Nächster!«, schrie er wieder aus voller Kehle.

Ich drehte mich um, vergeblich nach irgendeiner Art von Solidarität oder Trost heischend. Nur das Mädchen mit dem Hütchen sah mich an, aber auf eine mitleidige Art, die nicht sehr hilfreich war. Da erinnerte ich mich, dass sie meinen Hut schließlich und endlich bewundert hatte, und das gab mir die Kraft, noch einmal anzusetzen:

»Sehr geehrter Herr«, sagte ich und war selbst erstaunt über meinen würdevoll gemäßigten Tonfall. Noch nie hatte ich zudem einen Satz so formvollendet begonnen. Rings um mich machte sich eine tiefe Stille breit, was mich nicht einschüchterte, sondern noch unverhofft beflügelte.

»Sehr geehrter Herr«, wiederholte ich, um Luft zu holen und weil mir dieser Anfang so gefiel. Dann zählte ich meine bürgerlichen Rechte auf, und in meinem Redeschwung ging ich bis auf die Rechtstheorie von Rousseau und das alte kanonische Recht zurück. Ich erwähnte die Res Publica und die Verfassung, ohne dabei die Gesetze der Rhetorik zu vernachlässigen. In mir fühlte ich die gelassene Entschlossenheit aufsteigen, die nur ein gefesseltes Publikum einflößen kann. Das Mädchen mit dem Hütchen sah mich mit wachsender Bewunderung an, wie ich bemerkte. Eine banale Bewunderung natürlich, aber trotzdem freute sie mich, wie sich ein Musiker bei einem Konzert vermutlich über den Applaus eines noch so ignoranten Publikums freut. Doch den entscheidenden Schlag hob ich mir nach allen Regeln der Kunst bis zum Schluss auf:

»Sollten Sie aber Ihre Haltung«, erklärte ich feierlich, »die allen Gesetzen und Rechten zuwidergeht, nicht revidieren wollen«, hier machte ich eine bedeutungsvolle Pause, »*sehe ich mich gezwungen, Sie um das Beschwerdebuch zu bitten.*«

Der Unmensch wandte sich mir wütend zu. Einen Augenblick lang dachte ich, er würde sich auf mich stürzen und mich verprügeln, und unwillkürlich trat ich einen Schritt zurück. Doch ganz unerwartet erhellte sich die

Miene dieses tobenden Ungeheuers in einem Anflug von Intelligenz, offenbar von einer umständlichen Überlegung besänftigt.

»Das Beschwerdebuch, hm?« Seine Stimme klang ruhig, dafür hatte sein Gesicht jetzt einen durchtriebenen Ausdruck angenommen, wie er bisweilen bei den primitivsten Menschen zu beobachten ist und der sich wegen seiner Seltenheit fast immer als gefährlich erweist. Versöhnlich griff er nach dem Brieföffner und trennte sorgfältig einen Abschnitt der Zahlungsaufforderung ab. Dann drückte er den Stempel erst auf das Stempelheft und dann behutsam auf den Abschnitt, als setze er seine Unterschrift unter ein wichtiges Dokument.

»Zu Diensten, Euer Gnaden«, sagte er und reichte mir den Abschnitt mit einer angedeuteten Verneigung, die als Spott gemeint war, wie ich wohl merkte.

Warum bin ich da nicht einfach gegangen? Warum habe ich mich wieder zu dem Mädchen mit dem Hütchen gestellt? Weil sie so verzückt zusah, wie ich siegreich aus diesem kleinen Kampf hervorging? Nein. Weil sie ihre Hand in so eindeutiger Art auf meinen Arm gelegt hatte? Nein und nochmals nein. Aus demselben Grund wie immer: Wegen ihres Hütchens! Wegen ihres Hütchens gab ich ihr noch eine Chance, wegen ihres rätselhaften Hütchens, das sie einmal mehr ihrer Banalität enthob.

»Sie drücken sich aber gut aus!«, rief sie aus, als ich bei ihr ankam.

»Ach das«, sagte ich bescheiden, »ich habe ein wenig Jura studiert und ein paar Rhetorikkurse belegt.«

»Neben der Statistischen Physik?«

»Ja. Außerdem sammle ich noch Briefmarken.«

»Wie schön! Ich habe eine Briefmarke. Aus Schottland. Von einem Brief meines Onkels. Sie können sie haben, wenn Sie möchten. Begleiten Sie mich doch nach Hause, dann gebe ich Sie Ihnen.«

»Wie sieht sie aus?«, fragte ich zerstreut. »Ich habe schon ziemlich viele schottische Briefmarken.«

Ich merkte, dass der Unmensch mich weiter mit verhaltenem Hass beobachtete. Ich warf ihm einen so unbekümmerten Blick zu, als hätte ich einen Orang-Utan im Zoo vor mir.

»Sie zeigt das Gesicht eines Prinzen oder eines Königs oder so. Dahinter ist ein wunderschönes Schloss, und darunter steht in goldenen Buchstaben Edinburgh.«

»Ach ja, die Sondermarke Herzog von Edinburgh von '82. Die habe ich schon.«

Sie verstummte. Nachdem sie so viel geredet hatte, lag etwas Pathetisches in diesem Schweigen. Doch ich fühlte mich guten Willens.

»Ich kann aber trotzdem mitkommen«, sagte ich, »es ist nicht schlecht, doppelte Exemplare zu haben. Zum Tauschen.«

»Ja, wirklich?«, sagte sie, wieder fröhlich. Sie wollte noch etwas hinzufügen, aber da kam sie an die Reihe. Sie bedeutete mir, auf sie zu warten, und wandte sich dem Schalter zu.

Und da geschah Folgendes: Als der Unmensch sie an den Schalter treten sah, stand er plötzlich auf, Brieföffner und Stempel schwenkend.

»Die da nehme ich dran«, sagte er zu dem Auszubildenden. »Du hol das Beschwerdebuch für den gnädigen Herrn.«

Und ehe das Mädchen reagieren konnte, riss er ihr den Hut vom Kopf. Sie schrie natürlich auf und reckte sich mit lächerlichen Hüpfern nach ihrem Hut. Der Unmensch hielt ihn lachend immer ein wenig höher und sah mich herausfordernd an. Bis er den Hut plötzlich, als langweile ihn das Spiel, auf den Schalter legte und mit aller Kraft seinen Stempel darauf donnern ließ.

Das Mädchen stieß einen spitzen Schrei aus und blickte mich flehend an. Aber was konnte ich schon tun, dieser

Typ war wirklich ein Unmensch, und das Mädchen kannte ich im Grunde ja kaum, letztlich hatten wir uns nur über Horoskope und Briefmarken unterhalten. Außerdem war ihr nunmehr entblößtes Haar glatt und braun, vollkommen gewöhnlich.

Kurz, ich bahnte mir einen Weg zwischen all den Leuten hindurch, die mich mit weiß Gott welcher Erwartung ansahen, lüpfte an der Tür meinen Hut zu einem würdevollen Gruß und ging.

DER TAUSENDER

Da kommt er. Der Fünfuhrzug. Vielleicht war es das letzte Mal, dass er diesen Zug nahm, das letzte Mal von Wilde über Don Bosco nach Bernal. Na und. Weder Wehmut noch Erleichterung, nur ein einfahrender Zug, der warme Luftschwall, das Quietschen der alten Bremsen, die Fenster mit den platt gedrückten Gesichtern.

Auf dem Bahnsteig griffen die anderen nach Koffern und Essenstüten und drängten sich vor den noch geschlossenen Türen. Er sah zur Bahnhofsuhr, bemühte sich aber, nicht aufs Datum zu schauen; feste Daten hatte er noch nie gemocht, genauso wenig wie Geburtstage. Ich bin im Jahr 19 geboren, der Alte starb 32, also habe ich 33 zu arbeiten angefangen, und heute gehe ich in Pension. Weil Daten wie Ränder von Löchern sind, die einen schwindlig machen: Man kann mitten in sie hineinfallen, und mitten in ihnen ist nichts. Deshalb vergaß er besser, dass es der sechste Dezember war, dass sie ihn dazu gebracht hatten, etwas zu sagen, ein paar Worte nur, dass er aufgestanden war, um also etwas zu sagen, das unweigerlich in einer Danksagung enden würde, obwohl er sich wirklich für nichts bedanken wollte, aber sie erwarteten das, mit begierigen Mienen und ungenierten Blicken. Geier, die ihn weinen sehen wollten, Tränen sollten über seine runzligen Wangen rollen, schniefen sollte der treue Angestellte, der in Rente ging, damit sie sagen könnten, wie gerührt Don Pascual gewesen sei, der arme Alte.

Die Türen gingen auf und Beine drängten heraus, doch es gelang ihm, an der Seite vorbeizuschlüpfen, gegen den Strom vor allen anderen einzusteigen, sich mit den Ellbogen zu einem freien Sitzplatz durchzurempeln. Unmittelbar nach ihm wogte die Menge herein, Arme schnellten nach oben, um Körper an Haltegriffe zu hängen, verschwitzte Gesichter ringsum, die Luft plötzlich suppig zäh und schwül.

Neben ihn hatte sich ein Grundschüler mit geflicktem Schulkittel gesetzt. Gegenüber streckte ein Rekrut die Beine aus und zog sich die Mütze über die Augen. Auf dem Gang versuchten eine dicke Frau und ein Alter aus entgegengesetzten Richtungen an den freien Platz neben dem Rekruten zu gelangen. Sie sahen sich nicht an, obwohl beide wussten, wo der andere war und aus den Augenwinkeln überschlugen, wie viele Schritte noch fehlten, wie vielen Taschen sie ausweichen müssten. Der Alte kam als Erster an, und bereits sitzend warf er der Dicken einen triumphierenden Blick zu, während er ein Taschentuch hervorholte, um sich die glänzende Glatze abzuwischen.

Das Spektakel war vorbei. Er wandte den Blick ab, da sah er auf dem Boden, neben dem Rand der Sitzbank, den Geldschein liegen. Ein richtiger Schein, gütiger Gott, ein Tausender. Bestimmt war er dem Alten heruntergefallen, als er das Taschentuch hervorgezogen hatte. Er sah sich nach beiden Seiten um; überall abwesende Gesichter, niemand hatte es gemerkt, er müsste nur den Fuß ein klein wenig ausstrecken, genau so, ihn leicht nach unten senken, so, und auf den Geldschein treten. Genau so. Er sah vorsichtig auf und kreuzte den Blick des Alten. Hatte er gesehen, wie sich sein Schuh auf den Geldschein gestellt hatte? Aber nein, unmöglich, es war alles viel zu schnell gegangen. Er wandte sich ab, um dem starren Blick auszuweichen, und fast hätte er gelächelt. Der Zug war angefahren, er müsste nur warten, bis der Alte eingeschlafen war, schlaf, Alter schlaf, um den Schein vom Boden aufzuheben, ich heiße Pascual, der Tiger verliert vielleicht das Fell, aber nicht die Krallen, er durfte sich nur nicht fragen, warum. Seit Langem hatte er gelernt, sich keine Fragen zu stellen. Sein Vater hatte immer gesagt, Bewusstsein ist ein Luxus der Reichen. Deshalb, nicht daran denken, dass die tausend Pesos die Rente des Alten sind, nicht die Hand des Alten in der leeren Tasche wühlen sehen, in einer schmerzlich nutzlosen Geste.

Wilde, die erste Station. Hoffentlich steigt der Alte aus, guter Alter, Wilde ist voller Plätze mit Tauben. Aber nein. Der Rekrut und der Knirps auch nicht. Wieder das Rattern, aber der Waggon war nicht mehr ganz so voll, jetzt bekam man wenigstens wieder Luft. Die Häuser blieben zurück, wieder Telefonmasten im Fenster. Er senkte die Lider, bis seine Augen fast ganz geschlossen waren, um dem starren Blick zu entkommen. Er hat es gemerkt, ganz bestimmt. Aber nein, ganz ruhig, Pascual, hätte er seine Taschen durchsucht, hätte er schon etwas gesagt. Er spürte das beinahe unmerkliche Knistern des Scheins unter seiner Schuhsohle und drückte fester auf. Er gehörte ihm, er würde ihn sich nicht mehr wegnehmen lassen. Außerdem machte es eher den Eindruck, als versuche der Alte ihn wiederzuerkennen, mit einem dieser langen Blicke, die sich zu erinnern suchen, im Gedächtnis Vergleiche anstellen, um herauszufinden, ob es derjenige ist oder nicht.

Er hörte ein vertrautes, fast vergessenes Geräusch aus früheren Zeiten, ein raschelndes Papier. Der Junge aß Bonbons. Eine plötzliche Wut überkam ihn und er sah weg. Er hatte nach der Schule auch Bonbons gegessen. Man musste der Lehrerin nur Namen petzen, und schon öffnete sich das Glas. Er sah sich auf Zehenspitzen ehrerbietig hineinfassen und eines der blauen auswählen, Ananasgeschmack.

Der Kontrolleur kam den Gang entlang. Wo hatte er nur die verfluchte Fahrkarte hingesteckt, ach ja, da war sie, einfache Fahrt bis Bernal. Warum verlangte er sie nicht auch von den anderen, den Alten könnte er damit doch zum Beispiel eine Sekunde ablenken, ein kurzer Augenblick würde genügen, um den Geldschein aufzuheben. Aber nein, der Kontrolleur ging schon weiter, zwischen den Sitzreihen taumelnd.

Bernal, seine Haltestelle. Der Zug hielt an und die Nachmittagshitze strömte durchs Fenster, als hätte man einen Knoten gelöst. Sein Fuß schmerzte, so verkrampft drückte er ihn auf den Boden, damit der Geldschein nicht hervorlugte. Verzweifelt lauerte er darauf, dass der Alte aussteigen würde. Er sah nicht zu ihm, spürte jedoch seinen Blick starr auf sich haften. Vielleicht sollte er etwas sagen, aber er hatte Angst, eine kindische Angst, wie wenn man in einem Wartezimmer jemandem mit Downsyndrom gegenübersitzt.

Der Waggon war jetzt fast vollkommen leer. Dann stieg er eben auch nicht aus. Ich fahre mit dir bis nach Quilmes, du alter Taugenichts, bis in die Hölle, wenn es sein muss, und dann wollen wir doch mal sehen, ob du aussteigst. Ein Kribbeln stieg von seinem Fuß in sein Bein auf, das ebenfalls zu verkrampfen begann. Der Junge stieg auch nicht aus. Genauso wenig wie der Rekrut, der immer noch vor sich hin döste. Er sah ihn zum ersten Mal genauer an. Sein glattes Gesicht kam ihm bekannt vor. Aber alle Soldaten ähneln sich unter ihrer Mütze. Der Militärdienst ... Gefreiter Ortiz, links, rechts, links. FAL, leichtes automatisches Gewehr, und die Juden sind alle Kommunisten. Er hatte gelernt, sich unauffällig zu verhalten, in der Menge zu verschwinden, weder zu dumm, sonst wird man zur Zielscheibe, noch zu schlau, denn der Schlaueste ist der Gefreite. Weder zu fleißig, sonst behalten sie einen die ganzen vierzehn Monate, noch zu faul, sonst werden die freien Tage gestrichen.

Der Zug wurde langsamer, sie kamen an. Die Sonne lag jetzt auf seinem Gesicht wie eine fiebernde Hand. Er lehnte sich zurück und fühlte sein feuchtes Hemd an seinem Rücken kleben. Eine seltsame Schwäche, bestimmt die Hitze, umwand ihn wie eine schlaffe Fessel. Er hatte kein Gefühl mehr im Bein, das ist der Krampf, nur ein Krampf. Plötzlich quietschten die Bremsen, und gleichzeitig hatten sich alle Blicke verschworen, trafen alle auf ihn. Sie wussten es. Sie hatten es von Anfang an gewusst. Der Junge, der keine Bonbons mehr aß, sondern dreist sein zittriges Bein betrachtete, das Gesicht nach vorne gereckt wie einen Zeigefinger, ein Gesicht, das er einmal gekannt hatte, Fräulein, Fräulein, Pascual hat einen Geldschein, der ihm nicht gehört. Der Rekrut, der ihn mit neutralem, aber entschlossenem Blick ansah, der nur Befehle ausführte. Und der Alte, vor allem der Alte. Aber nein, das war absurd, die Hitze war schuld. Hier war die Endstation, er musste nur warten, bis alle ausgestiegen waren – steigt doch endlich aus! –, noch einen Augenblick, und er könnte den Geldschein aufheben und nach Bernal zurückfahren, ein harmloser Rentner sein. Aber sie stiegen nicht aus. Alle anderen Plätze waren inzwischen frei, nur die vier saßen noch dort. Er hörte das schleifende Geräusch der sich schließenden Türen. Eine dunkle Gewissheit besetzte seinen Körper: Der Zug würde nicht zurückfahren. Die Reise hatte gerade erst begonnen. Es käme noch eine Haltestelle und dann noch eine und noch eine, und sie würden niemals aussteigen.

Mit letzter Kraft presste er seinen Fuß auf den Geldschein. Der Zug fuhr los.

EINE SCHWIERIGE PRÜFUNG

Ich schreibe die Aufgaben an die Tafel. LOGIK–ABSCHLUSSPRÜFUNG steht in meiner schönen Schrift darüber, inzwischen bin ich bei Punkt vier angelangt, und in meinem Rücken herrscht die mir wohlbekannte Stille, eine unruhige Stille, in der sich Hilfe suchende Blicke kreuzen und mutlose leise Seufzer zu vernehmen sind. Im ersten Moment kommt ihnen jede Prüfung schwierig vor.

Ich höre auch geflüsterte Worte, Satzfetzen, aber das kümmert mich nicht; vom Pult aus passt mein Assistent Petrinski auf, dass nicht abgeschrieben wird. Mag sein, dass seine Aufsicht etwas nachlässig ist, denn Petrinski hat gerade erst seinen Abschluss gemacht und im Grunde fühlt er sich noch immer als Student mit seinen langen Haaren, Jeans und Lederstiefeln. Er tut also nur so, als würde er aufpassen, aber das macht nichts, ich habe sie vorsorglich mit jeweils einer Reihe Abstand gesetzt, sodass sie weit genug auseinander sind. Ich nehme es Petrinski nicht übel, vor ein paar Jahren war ich wie er.

Ich zeichne eine elegant geschwungene Fünf.

»Und fünftens!«, sage ich fröhlich. Es hebt immer meine Laune, eine Prüfung abzunehmen.

»Ach nein, bitte nicht noch mehr«, stöhnt ein Stimmchen auf.

Lächelnd drehe ich mich um.

»Wer sich gut vorbereitet hat, kann jetzt zeigen, was er weiß.«

Ich mache immer Scherze mit meinen Studenten. Es ist sonderbar, ich war nie ein besonders geistreicher Mensch, aber als ich zu unterrichten begann, entdeckte ich, dass ich auf dem Podest, mitten in einer Erläuterung wirklich lustige Einfälle habe. Mein Lieblingswitz ist der zu den Tautologien. »Eine Tautologie«, erkläre ich ganz ernst, »ist eine allgemein gültige Wahrheit, eine stets wahre Aussage. Ich habe zum Beispiel«, fahre ich dann fort, »eine sehr gehorsame Katze. Wenn ich ihr befehle: Katze, komm oder komm nicht, dann kommt sie oder sie kommt nicht.«

Die Studenten lächeln erst unsicher, noch ohne ganz zu begreifen. »Natürlich, komm oder komm nicht«, wiederholen manche in einer plötzlichen Eingebung, und das erste Gelächter setzt ein. »Und die Katze kommt oder kommt nicht«, setzen sie lachend und rufend fort. Es funktioniert immer. Natürlich nehme ich die Erklärung gleich wieder mit meiner gewohnten Ernsthaftigkeit auf, ein guter Dozent muss die Zügel fest im Griff haben. Jetzt habe ich beispielsweise die Prüfung fertig an die Tafel geschrieben, ich drehe mich um und mustere sie mit strengem Blick, um ihnen klarzumachen, dass mir nicht der kleinste Zettel entgehen wird, den sie sich zuzuschieben versuchen.

»Sie haben bis um Punkt acht Uhr Zeit«, kündige ich in einem unnachgiebigen Tonfall an. »Ich bitte um absolute Ruhe.« Ich *bitte* um Ruhe, ganz genau, keine Befehle. Höflichkeit ist ein entscheidendes Detail.

Ich setze mich ans Pult neben Petrinski, der sich sofort in ein Buch vertieft. Es ist offensichtlich, dass er von der Prüfung nichts wissen will, ich werde also zusehen müssen, dass ich allein mit der Beaufsichtigung zurechtkomme. Und der Hörsaal ist wie immer randvoll. Ach, aber diese Prüfung wird nicht ganz so langweilig wie befürchtet, denn mit freudiger Überraschung habe ich soeben das Mädchen mit der weiten Bluse entdeckt. Sie sitzt in der dritten Reihe, im Stuhl zurückgelehnt, ihr Kugelschreiber liegt auf dem Tisch und ihr Blatt ist ganz bestimmt leer; sie tut nicht einmal so, als würde sie schreiben. Sie starrt nur auf meine Hände, unverwandt und begierig wie immer. Es erstaunt mich ein wenig, dass sie die Zwischenprüfungen bestanden hat, denn ich bin mir sicher, dass dieses Mädchen von Logik keinen blassen Schimmer hat. Das ganze Semester lang hat sie keine einzige Zeile notiert und keiner meiner Erklärungen zugehört. Sie beschränkte sich darauf, sich in eine der ersten Reihen zu setzen und die ganze Zeit über mit einer beinahe fanatischen Hingabe jede einzelne Bewegung meiner Hände zu verfolgen. Im Gegenzug widmete ich die gleiche Aufmerksamkeit ihrem Ausschnitt, wobei ich mir die erhöhte Position vom Podest aus zunutze machte, um einen noch tieferen Einblick in das zu haben, was die beiden oberen Blusenknöpfe freigaben, während der dritte, geschlossene eine Gesamtansicht beharrlich verwehrte. All das lenkte mich nicht ab, im Gegenteil; ich erklärte einen mathematischen Satz, und mein Blick wurde dabei immer eindringlicher, meine von dieser konzentrierten Beobachtung geschmeichelten Hände bewegten sich mit zunehmender Nachhaltigkeit, strichen träumerisch durch die Luft, legten sich sanft auf das Pult oder schlossen sich jäh in einer entschlossenen Geste, zerbrachen eine Kreide oder griffen nach dem Schwamm. Sie deuteten und unterstrichen rasch und energisch, um plötzlich, wenn die Erklärung nicht verstanden worden war, innezuhalten und langsam wieder von vorne zu beginnen, mit noch eindrücklicheren, bedeutungsvolleren Bewegungen.

Wirklich, dieses Mädchen inspiriert mich. Aber natürlich ist mir klar, dass sie absolut nichts gelernt haben kann. Aus den Augenwinkeln sehe ich zu Petrinski, der die Zwischenprüfungen korrigiert hat. Ist es möglich, dass

Petrinski …? Petrinski mit seinem beflissenen Jungengesicht und seinem schüchternen Lächeln? Zweifelnd blicke ich wieder zu meiner Studentin. Die wiederum meine Hände nicht aus den Augen gelassen hat, ihnen mit einer unverhofften Treue folgt, was mich mit Dankbarkeit erfüllt. Ich lege die Handflächen zusammen und nähere meine Fingerspitzen langsam meinem Kinn. Dort lasse ich sie einen Moment innehalten, stütze die Daumen ab und wiege sie leicht hin und her. Meine Studentin betrachtet gebannt das zerbrechliche Konstrukt, das sich kaum wahrnehmbar für sie bewegt. Ich neige meinen Kopf ein wenig vor und berühre meine Zeigefinger mit den Lippen. Sie rutscht auf ihrem Stuhl herum, den Blick fest auf meine Hände gerichtet; ihr Atem geht heftiger, ihre Brüste heben und senken sich. Als ich die Daumen auf meinen Mund lege, beginnt sie mit dem dritten Knopf ihrer Bluse zu spielen.

Da ertönt eine Stimme, die ich leider nur zu gut kenne. Es ist der kleine Idiot mit der Brille. Er sitzt in einer Ecke, eine Tüte mit Karamellbonbons vor sich auf dem Tisch. Er hat mir gerade eine seiner üblichen Fragen gestellt, jetzt steckt er sich ein Bonbon in den Mund, und ein gespielt unschuldiger Blick richtet sich durch seine runden Brillengläser auf mich. Jedes Jahr habe ich einen solchen aus dem Hinterhalt losfeuernden Studenten, aber dieser machte mir von Anfang an einen besonders gefährlichen Eindruck. Immer, wenn ich ihn in meinem Unterricht sah, überkam mich eine vage Unruhe, die es mir unmöglich machte, mich uneingeschränkt der Gunst meiner Studentin zu erfreuen. Ich wusste, dass er die ganze Zeit über auf die kleinste Unbedachtheit lauerte, auf das geringste Schwanken in meiner Stimme, um mir hinterrücks eine seiner heimtückischen Fragen zu stellen, um mich mit seinem geheuchelten Tonfall des interessierten Studenten in die Enge zu drängen und einen nicht mehr zu vertuschenden Fehler aufzudecken. Mich lächerlich zu machen, das ist sein einziges Bestreben. Er hasst mich. Ich habe nie herausgefunden warum, allerdings vermute ich, dass die verführerische Studentin nicht ganz unschuldig daran ist. Er hasst mich und wartet geduldig auf seine Gelegenheit. In einer der ersten Unterrichtsstunden hat er sie einmal fast gehabt. Er scheint in der Lage, und das besorgt mich am meisten, die geringste Unruhe im Hörsaal zu erspüren; bei diesem einen Mal hat er beinahe die ganze Klasse auf seine Seite gebracht.

Deshalb weiß ich, dass ich vorsichtig sein muss. Langsam stehe ich auf, um Zeit zu gewinnen. Die Frage, die er gestellt hat, klingt harmlos, aber ich lasse mich nicht täuschen. Er will wissen, ob die Fragestellung der ersten Aufgabe nicht fehlerhaft ist. Ich stelle mich vor die Tafel und gehe die Formeln durch, die ich selbst hingeschrieben habe. Ich weiß nicht, worin die Falle besteht; schlimmer noch, ich weiß nicht einmal, ob es eine Falle gibt. Aber wie auch immer, der Mistkerl hat bereits etwas erreicht. Der ganze Hörsaal wartet gespannt, und ein verärgertes Grummeln wächst hinter mir an. Seit einer ganzen Weile zerbrechen sie sich den Kopf über dieser Aufgabe, und jetzt ist sie vielleicht gar nicht richtig gestellt. Ich merke, dass ich schnellstmöglich irgendeine Antwort geben muss. Trotzdem zögere, zweifle ich. Ich kann keinen Fehler finden, doch die Formeln sind lang, und ich weiß, dass eine einzige fehlende Klammer einen riesigen Unterschied macht. Hilfe suchend werfe ich Petrinski einen Blick zu, aber der ist nach wie vor in sein Buch vertieft und bekommt gar nichts mit. Die Stimmen werden immer lauter und bestimmter. Ich muss zu einem Entschluss kommen.

»Die Aufgabe scheint mir korrekt«, wage ich mich vor. »Worin besteht Ihr Zweifel?«

Die Ratte nimmt noch ein Bonbon aus der Tüte.

»Seit fast einer Stunde sitze ich daran«, sagt er, »aber ich komme einfach zu keiner Lösung.«

Ich kann ein erleichtertes Lächeln nicht unterdrücken. Ich werde ironisch reagieren, ja, ein wenig Sarkasmus ist jetzt das Richtige.

»Weil Sie also keine Lösung finden, weil der gnädige Herr keine Lösung findet ...«, setze ich an.

»*Keiner* findet eine Lösung«, unterbricht er mich anmaßend.

Sogleich pflichten ihm etliche im Chor bei. Diese kleine Schlange, das war es also. Aus den Augenwinkeln sehe ich zur ersten Reihe, wo meine besten Studenten sitzen: ein Schachspieler und ein jüdisches Mädchen mit langen Haaren. Das Gesicht des Mädchens glüht vor übergroßer Anstrengung, und das Blatt des Schachspielers ist voller Gekritzel und Durchstreichungen, wie ich von meinem Platz aus sehe. Manche klopfen jetzt auf ihre Bänke. »Es ist schwierig«, rufen sie, »es ist zu schwierig.« Jemand knüllt sein Blatt zu einer Kugel und wirft sie gegen die Tafel. Ungläubig betrachte ich die Papierkugel, die fast bis zu meinen Füßen rollt.

»Ruhe!«, schreie ich. Meine Stimme überschlägt sich jämmerlich schrill. »Ruhe!«, versuche ich es noch einmal, diesmal mit Erfolg. »Die Aufgabe ist korrekt. Wenn sie Ihnen zu schwierig erscheint, dann gehen Sie zur zweiten über.«

Ich setze mich schließlich durch. Einer nach dem anderen beugen sie sich wieder über ihre Blätter. Stille kehrt ein, aber ich traue ihr nicht ganz. Es ist eine grollende Stille, in der ein kaum unterdrückter Unmut liegt. Mir macht jedoch vor allem eines Sorgen: Ich weiß, dass die zweite Aufgabe noch schwieriger für sie sein wird. Tatsächlich habe ich die Prüfung nach wachsendem Schwierigkeitsgrad konzipiert. Ich setze mich wieder ans Pult. Meine innere Anspannung bleibt. Wie lange wird es dauern, bis sie es merken? Ich suche Trost im Dekolleté meiner Studentin. Das gute Mädchen erwartet mich, als wäre nichts geschehen, um unser Spiel an eben dem Punkt wieder aufzunehmen, an dem wir es unterbrochen hatten. Ich will meine Hände aneinanderlegen wie zuvor, merke jedoch, dass sie etwas zittrig sind. Zwecklos, alles zwecklos. Ich höre das Rascheln eines Bonbonpapiers, die kleine Ratte steckt sich noch ein Karamel in den Mund. Ich sehe, dass er mit seiner Prüfung nicht weitergemacht hat. Langsam kaut er vor sich hin, mit einer irgendwie beängstigenden Präzision. Er kaut ohne Eile, doch die Tüte leert sich unweigerlich. Bestimmt hat er eine Vorahnung, sieht er etwas sich anbahnen, von Bank zu Bank zusammenbrauen. Ich überfliege mit dem Blick die Reihen, in dem vergeblichen Versuch, irgendeinen Hinweis auszumachen, ein noch so kleines Signal. Eine zu große Stille vielleicht. Ich blicke in die Gesichter meiner Studenten, und es ist, als sähe ich sie zum ersten Mal. Da unterrichtet man jahrelang, schreibt immerzu das Gleiche an die Tafel, und eines Tages dreht man sich um, und die Studenten sind einem alle fremd. Die Ohrringe beispielsweise, die die Jungs in einem Ohr tragen, fand ich früher einfach nur lächerlich, aber jetzt tragen sie alle und sie kommen mir vor wie eine Losung. Oder die maschinentrainierten Bizepsmuskeln aus dem Fitnessstudio, die jetzt so in Mode sind und zwar grotesk wirken mögen, trotzdem aber etwas Bedrohliches haben. Auf die Mädchen könnte ich auch nicht zählen, wie ich merke: Sie haben nichts mehr gemein mit den sanften Kommilitoninnen, die ich zu meiner Studienzeit hatte. Sogar meine mir ergebene Studentin ist irgendwie sonderbar mit ihrem Tick, nur meine Hände mit den Augen zu verschlingen.

Ich stehe auf und wandere zwischen den Bankreihen hindurch. Wo immer ich auch vorbeikomme, erhasche ich verhohlen gewechselte Blicke, gehässiges Lächeln, das verschwindet, sobald ich hinschaue, allerdings nicht ganz, als kümmere sie es schon nicht mehr, es ganz zu verbergen. Und diese Stille. Irgendetwas bahnt sich an. Irgendetwas bahnt sich direkt vor unserer Nase an, und Petrinski schaut weiter nicht von seinem Buch auf. Ein erneutes Rascheln lässt mich zusammenzucken. Drei Bonbons, nur drei Bonbons bleiben der kleinen Ratte noch, drei Karamellbonbons, und die Tüte ist leer. Was soll ich tun. Ich muss dringend auf die Toilette, wie immer, wenn ich nervös bin. Ich weiß, dass es zwecklos ist, dagegen anzukämpfen. Ich reiße Petrinski aus seiner Lektüre und bitte ihn, aufmerksam aufzupassen. Ich werde mich beeilen müssen, der Armleuchter hat ja keine Ahnung, was passieren kann. Mit großen Schritten haste ich über den Gang. Bis zur Lehrertoilette werde ich es nicht mehr schaffen, mir bleibt nichts anderes übrig, als die Schülertoilette zu betreten. Vorsichtig spähe ich hinein, zum Glück ist sie leer. Gerade noch rechtzeitig öffne ich den Reißverschluss. In weitem Bogen erleichtere ich mich. Ich fühle mich langsam ruhiger. Folgendes werde ich tun: Sie werden einen Hinweis von mir bekommen, eine kleine Hilfestellung, und sei es auch nur zur Lösung der ersten Aufgabe. Ein Stück weit nachgeben, denke ich, um nicht alles zu verlieren. Da fällt mein Blick auf eine der Kritzeleien an der Wand, ein grässliches Gekrakel, das mir so schrecklich deutlich vor Augen tritt, als wäre es einzig mit eben dieser Absicht dorthin geschmiert worden. Es handelt sich um eine unglaublich obszöne Karikatur über die sexuellen Gefälligkeiten, die mir die Gehorsamkeit meiner Katze verschaffen könnte. Ruckartig ziehe ich meinen Reißverschluss zu. Abscheulich ist das, einfach abscheulich. Aber vielleicht besser so, jetzt liegen die Karten offen. Sie hassen mich, sie haben mich immer gehasst. Langsam begreife ich, warum mich nach dem ersten Semester keiner mehr auf den Gängen grüßt. Natürlich fanden sie nicht meine Witze komisch, in Wirklichkeit haben sie über mich gelacht. Und ich hatte vor, ihnen zu helfen. Ausgeschlossen. Als ich die Toilette verlasse und die Treppe hinaufgehe, höre ich einen riesigen Tumult. Er scheint aus meinem Hörsaal zu kommen. Die Tür geht auf, jemand läuft auf mich zu. Ja, es ist meine Lieblingsstudentin. Wie hübsch ihre Brüste beim Laufen schaukeln. Sie packt mich am Arm, ihre Worte überschlagen sich.

»Sie müssen fliehen ... schnell, kommen Sie, schnell!«, schreit sie, den Blick zurückgerichtet.

Ich zögere nur einen Moment. Die Tür zum Hörsaal steht offen, man hört das Klirren zerschlagener Fensterscheiben, ein ausgelassenes Gebrüll und meinen Namen, im Chor zu einem Reim skandiert, der mich mit Angst und Schrecken erfüllt.

Ich renne hinter meiner Studentin her. Wir laufen die Treppen hinab, durch die Eingangshalle und über die Straße auf die Bushaltestelle zu.

»Der 37er!«, ruft sie und deutet auf den grünen Bus, der gerade losfährt.

Verzweifelt stürzen wir dem Bus hinterher, und mit letzter Anstrengung gelingt es uns, noch aufs Trittbrett zu springen. Während ich die Fahrkarte löse, merke ich, dass ich ganz entsetzlich keuche.

»Nach hinten«, murmelt sie, »in die Nähe der Tür.«

Ich folge ihr zwischen zwei Reihen Studenten hindurch, die plötzlich verstummen und mich über ihre Mappen hinweg mustern. Ich weiß sehr wohl, dass sie sich alle untereinander kennen, dass sie tausenderlei Dinge verbinden: sportliche Wettkämpfe, die Mensa, Unifeste ...

»Duze mich«, flüstert mir meine Studentin zu und gibt mir eine ihrer Mappen. »Duze mich, sonst schöpfen sie Verdacht.«

Als ich nach der Mappe greife, stelle ich fest, dass meine Hände kläglich zittern. Ich lege mir die Mappe auf die Knie und verberge meine Hände in den Jackentaschen. Meine Studentin blickt ihnen schmerzlich überrascht nach.

»Wohin fahren wir?«, frage ich sie leise.

»Zu mir nach Hause. Bei mir bist du sicher«, sagt sie und betont dabei jedes Wort. Ich bemühe mich zu lächeln, aber es gelingt mir nicht; da ist noch eine Frage, die mir nicht aus dem Kopf geht.

»Und Petrinski?« Meine Stimme ist nur noch ein dünner Faden. »Was ist mit ihm?«

»Petrinski? Ach ja ... der Assistent.« Ein amüsiertes, leicht perverses Lächeln umspielt ihre Mundwinkel. »Er konnte nicht mehr entkommen.«

Petrinski, denke ich, das kann doch nicht sein. Petrinski war doch fast einer von ihnen, Petrinski wollte sie ja nicht einmal beaufsichtigen, er hatte nichts mit der Prüfung zu tun. Meine Zähne fangen an zu klappern. Was erwartet mich dann erst?

Angestrengt bemühe ich mich, ruhig zu werden. Schließlich schaut uns hier im Bus schon niemand mehr an. Außerdem stimmt es, dass ich bei meiner Studentin in Sicherheit sein werde. Und das könnte sich sogar als sehr angenehm erweisen. Es ist sonderbar, ich versuche, wieder an Petrinski zu denken, aber jetzt schaukelt der Bus um die Seen, und bei jeder Kurve schieben sich mir die schweren Brüste meiner Studentin entgegen, so wunderbar synchronisiert mit meinen Gedanken, dass ich sie jedes Mal, wenn ich *armer Petrinski, armer Petrinski* denke, unmittelbar vor Augen habe, kaum in Schach gehalten von dem dünnen Blusenstoff.

»An der nächsten Ecke steigen wir aus«, wispert sie mir ins Ohr und neigt sich mir dabei noch mehr zu, sodass mir kurz ist, als konnten ihre Brüste mir gleich auf die Knie purzeln.

Der Bus hält. Beim Aussteigen sehe ich mich um: ein anderer 37er kommt gleich hinter unserem. Ich erstarre am Straßenrand, denn in der ersten Sitzreihe habe ich die Ratte mit der Brille erblickt. Und fraglos hat er uns auch gesehen.

»Das macht nichts«, sagte meine Studentin, »er weiß nicht, wo ich wohne.«

Eine neue Ungeduld scheint sie anzutreiben. Ich gehe hinter ihr her; ihr kleiner fester Hintern ist auch gar nicht schlecht. Wir biegen in eine von Bäumen gesäumte kleine Straße ein.

»Hier ist es«, sagt sie vor einem frisch getünchten weißen Häuschen. Sie sperrt die Tür auf und macht Licht. Ich folge ihr in ein ordentlich aufgeräumtes Zimmer mit Teppichen. Auf einer Seite steht vielversprechend das Bett. Sie nimmt mir mit einem spöttischen Lächeln die Mappe aus der Hand, durchquert das Zimmer und legt sie mit den anderen auf einen kleinen Schreibtisch. Dann dreht sie sich um und hebt die Arme, um sich die Haare aus dem Nacken zu streichen; ihre Brüste werden dabei ebenfalls angehoben und spannen sich.

»Komm«, sagt sie. Während ich mich nähere, knöpft sie ihre Bluse auf und bietet mir, überquellend in ihrer Hand, eine noch größere Brust als in meiner Vorstellung dar, die Brustwarze spitz und hart.

»Berühre mich«, sagt sie, die Stimme rau vor Begierde.

Ich strecke meine Hand aus und fasse nach der Brustwarze. Doch da fährt sie zurück, als hätte ich sie verbrannt.

»Deine Hände ... sind ja wie Reibeisen!«, sagt sie empört. Argwöhnisch nähert sie sich erneut und dreht meine Handflächen nach oben.

»Ein bisschen rau vielleicht«, murmele ich verwirrt. »Das ist die Kreide. Seit zwölf Jahren unterrichte ich jetzt, und der Kreidestaub ...«

Aber sie hört mir gar nicht zu, als habe sie etwas noch viel Schlimmeres entdeckt.

»Und du kaust an den Nägeln!«, ruft sie ungläubig, beinahe verächtlich aus.

»Nein, nein«, protestiere ich schwach. »Nur die Nagelhaut am Rand.«

Misstrauisch hält sie meine Handflächen ins Licht. Gleichzeitig sehen wir, wie sie zu glänzen beginnen.

»Und sie sind schwitzig! Du hast Schwitzhände!«, schreit sie, schüttelt sich vor Ekel und lässt meine Hände los.

Ich verberge sie hinter dem Rücken und sehe bittend zu ihr. Gegen meinen Willen gleitet mein Blick immer wieder zu ihrer nackten Brust ab, diesem verlorenen runden Paradies.

»Du gehst besser«, sagt sie und schließt entschlossen ihre Bluse. »Jetzt gleich.«

Ich bin kurz davor, sie anzuflehen, da leuchtet ihr Gesicht in einem grausamen Lächeln auf.

»Oder bleib, wenn du möchtest«, sagt sie. Ihre Augen blitzen boshaft und sie zeigt zum Telefon. »Aber dann rufe ich ein paar Kommilitonen aus der Uni an. Sie haben mich darauf gebracht, Logik zu studieren, weißt du.«

»Nein!« Ich spüre einen wohlbekannten unerträglichen Druck. »Nein, bitte, ich gehe ja schon«, sage ich bettelnd. »Kann ich vorher nur noch kurz auf die Toilette?«

Verächtlich deutet sie auf eine Tür. Das Badezimmer glänzt blitzblank. Ich hebe den Toilettendeckel an und beginne etwas schuldbewusst, das klare Wasser gelb zu färben. Plötzlich höre ich die Tür aufgehen. Mit gekreuzten Armen bleibt meine Studentin hinter mir stehen.

»Keine Angst«, sagt sie, »ich schaue nicht hin. Ich passe nur auf, dass du keine Spritzer auf dem Boden hinterlässt. Männer spritzen immer so herum.«

Unglücklicherweise hemmt mich das völlig, nun geht nichts mehr. Ich ziehe die Hose hoch, und aus Angst zu spritzen verkneife ich mir die drei kleinen Schüttler am Schluss. Das hätte ich nicht tun sollen. Die letzten Tropfen rinnen schrecklich lauwarm mein Bein entlang, durchtränken den Stoff und bilden nach und nach einen dunklen Fleck auf der Hose, immer größer, nicht zu kaschieren.

Meine Studentin öffnet die Haustür. Den Fleck so gut wie möglich verdeckend husche ich hinaus, ohne einen Blick auf sie zu wagen. Draußen ist es inzwischen Nacht. Die Straße ist dunkel, und erst in einiger Entfernung sieht man schwach die Lichter der großen Straße. Der Wind belebt den beschämenden Fleck auf meiner Hose. Ein einziger Gedanke verfolgte mich mit albtraumhafter Schwere: Ich weiß nicht, wohin ich gehen soll. Seit zwölf Jahren unterrichte ich, und in keinem Semester hatte ich weniger als zweihundert Studenten. Insgesamt sind das Tausende.

Ich kenne nur eine Handvoll, zwei oder drei aus jedem Jahrgang. Sie dagegen erinnern sich alle an mich. Sie werden mir in Bars auflauern, nach dem Kino, in Bussen, Supermärkten. Ich war zu lange Dozent, die ganze Stadt ist inzwischen verpestet. Sie werden auf mich zeigen, wohin auch immer ich gehe: *Der da, der hat die Prüfung abgenommen.*

Auf der großen Straße beginne ich zu laufen.

»Alle bestanden!«, schreie ich. »Ich lasse euch alle bestehen!«

Stille.

»Ihr habt alle bestanden!«, schreie ich erneut, und meine Stimme überschlägt sich.

Doch alles, was ich sehe, sind die glühenden Augen einer Katze auf einem Baum. Einer Katze, die – gütiger Gott! – *weder kommt noch nicht kommt.*

PROFESSOR PIPKINS UNBESIEGBARE SCHÜCHTERNHEIT

Professor Arnoldo Pipkin, Verfasser der bekannten Grammatik, die in allen Gymnasien verwendet wurde, bis die aktualisierte Version von Ríos-Molina erschien, steht auf dem leeren Bahnsteig von Puente Viejo und wartet. Er rührt sich nicht, als könnte diese Tatsache auf irgendeine Weise dazu beitragen, dass ihn jemand abholt.

Ein pädagogischer Zirkel hat ihn zu einem Vortrag über seine Lehrjahre eingeladen, und immer, wenn der Professor den neugierigen Blick des Bahnhofsvorstehers auf sich fühlt, zieht er den Brief aus der Tasche, und liest erneut den letzten Absatz, um sich noch einmal zu vergewissern, dass er sich nicht im Datum geirrt hat.

Die Reise hat die ganze Nacht gedauert, doch Professor Pipkin machte kaum ein Auge zu. Während der schlaflosen Stunden malte er sich aus, wie man ihn wohl empfangen würde, sah sich Bücher signieren und Widmungen schreiben und vielleicht einer Lokalzeitung ein Interview mit den ausgefeilten Sätzen geben, die er seit Jahren für sich behält aus Angst vor dem Spott seiner Schüler und dem Gelächter seiner Frau. Allerdings hat er soeben auch daran gedacht, obwohl er diesen Gedanken hasst, ihn kleinlich findet, dass er ein ganzes Monatsgehalt für seinen neuen Anzug ausgegeben hat.

Gegen Mittag kommt der Professor endlich zu dem Schluss, dass ihn niemand abholen wird, und er beschließt, sich auf die Suche nach einem Hotel zu begeben, wo er sich vor seinem Vortrag noch ein paar Stunden ausruhen kann. Der Bahnhofsvorsteher empfiehlt ihm das Residencial Astoria zwei Straßen weiter. Der Bahnhofsvorsteher glaubt sich zu erinnern, dass es in Puente Viejo tatsächlich einen pädagogischen Zirkel gibt. Die in dem Brief angeführte Adresse für den Vortrag scheint ebenfalls korrekt: Es ist die Bibliothek Alberdi, tatsächlich die einzige Bibliothek des Ortes, ebenfalls ganz in der Nähe. Der Professor bedankt sich mit erleichtertem Überschwang und tritt auf die Hauptstraße hinaus, die Avenida San Martín.

Kaum hat er sich in Bewegung gesetzt, merkt Professor Pipkin, dass die gleichen Straßennamen wie in Buenos Aires hier sehr merkwürdig wirken: Soeben hat er die dort unvorstellbare Kreuzung der Avenida San Martín und der Calle Pellegrini überquert, und die Straße des Hotels, die in der Hauptstadt so prunkvolle Avenida 9 de Julio, ist hier eine klägliche Gasse mit niedrigen Häusern. An einer Ecke ragt das Residencial Astoria in die Höhe. Das Gebäude hat vier Stockwerke und wirkt übertrieben groß für den Ort, doch der Professor erinnert sich gehört zu haben, dass sich Puente Viejo im Sommer durch die Badeurlauber beinahe in eine Stadt verwandelt. Er betritt das Hotel durch eine schwere Drehtür. Bei seinem Anblick legt der Portier seine Zeitung beiseite und steht auf, um ihn zu begrüßen. Professor Pipkin blickt sich um; er sieht den polierten Parkettboden und die Treppe mit dem Läufer und fragt sich, ob das nicht alles etwas teuer wird, ob er nicht lieber bis zum Abend im Bahnhofsrestaurant hätte bleiben sollen. Doch zu spät: Der Portier steht schon lächelnd mit dem aufgeschlagenen Reservierungsbuch vor ihm und hat ihn soeben zum zweiten Mal nach seinem Namen gefragt. Resigniert gibt der Professor seine Personalien an.

»Dritter Stock«, sagt der Portier und reicht ihm einen Schlüssel. »Ganz leicht zu finden.«

Nach der ersten Etage gibt es keinen Läufer mehr und es herrscht ein stickiger Geruch, der von den langen Reihen gegenüberliegender Türen ausgeht. Das Zimmer, das man ihm gegeben hat, ist klein und heruntergekommen, was den Professor sehr beruhigt. Das Bett hat etwas leicht Anrüchiges, daneben steht ein Schrank mit einer zerkratzten Spiegeltür. Der Professor öffnet umgehend seinen Koffer, um den sorgfältig gefalteten neuen Anzug aufzuhängen. Als er sich dem Spiegel nähert, erkennt er sich im ersten Augenblick kaum wieder. Dieses unrasierte Gesicht, dieser stoppelige Hungerleiderbart ... So kann er keinem Publikum gegenübertreten.

Der Professor durchwühlt hastig seinen Koffer, vergeblich, wie er schon ahnte – seine Frau hat den Rasierer nicht eingepackt. Frauen denken nie an den Rasierer, denkt Professor Pipkin wütend, als sei sein Leben plötzlich voller Reisen und vergesslicher Frauen. Er setzt sich aufs Bett, sieht erneut in den Spiegel und kratzt sich am Kinn. So kann er seinen Vortrag auf keinen Fall halten. Er schaut auf die Uhr. Viertel nach eins. Die Friseure haben bestimmt schon alle zu. Es bleibt ihm nichts anderes übrig, als die Mittagspause abzuwarten.

Um drei Uhr nachmittags beschließt Professor Pipkin, nach unten zu gehen. Ich kann ja eine Runde durch den Ort drehen, falls es noch zu früh ist, sagt er sich. Der Portier ist auf seinem Stuhl eingenickt. Professor Pipkin legt den Schlüssel lautlos auf die Tischplatte. Er scheut sich, ihn aufzuwecken, aber draußen wird ihm bestimmt irgendjemand einen Friseur nennen können.

Der Professor geht die menschenleere Straße des Hotels entlang. Es ist heiß, aber er hat Hemmungen, seine Jacke auszuziehen, aus Furcht, auf seinem Hemd könnten sich

Schweißflecken abzeichnen. Er kommt an ein paar Geschäften vorbei, alle mit heruntergelassenen Rollläden. Er überquert zwei Kreuzungen, bis er merkt, dass er bereits ans Ende des Ortes gelangt. Da beschließt er, in die nächste Querstraße einzubiegen: Calle Alvarado. *Alvarado*. Er versucht sich zu erinnern, wer das war. Wahrscheinlich ein berühmter Mann des Ortes. Er fühlt sich beinahe wie ein Abenteurer, als er sich in diese Straße unbekannten Namens vorwagt.

Die Calle Alvarado erweist sich jedoch bald als ebenso ausgestorben wie alle anderen Straßen. Wenigstens ist sie schattig, denkt er. Nach der nächsten Kreuzung hört er Stimmen hinter einem Citroën. Der Professor überquert die Straße und sieht zwei Halbwüchsige an dem Wagen lehnen. Neben ihnen sitzt ein junges Mädchen auf der Bordsteinkante und zeigt viel Bein. Alle drei rauchen, das Mädchen mit einem Kaugummi im Mund. Sie sind etwa so alt wie seine Schüler, schätzt der Professor. Er nähert sich ihnen mit Bedacht – die Parodien auf den Abschlussfesten und so manche Kritzeleien in den Schultoiletten haben ihn gelehrt, seine Schüler zu fürchten. Das wird er in dem Vortrag natürlich nicht sagen, aber im Grunde war es schon immer so: Er fürchtet sie und sie wissen es.

Als er näher kommt, sind die Jugendlichen verstummt. Professor Pipkin fragt nach einem Friseur, wobei sich seine Stimme zu seinem Verdruss nicht sehr fest anhört.

»Ein Friseur?«, fragt der offenbar älteste der kleinen Gruppe nach. Er macht einen Zug an seiner Zigarette und grinst. »Ach ja, ein Stück weiter ist einer«, sagt er.

»Nein, Aníbal«, ruft das Mädchen zu ihm hoch.

»Halt den Mund«, sagt Aníbal. »Sie gehen einfach geradeaus, einmal über die Straße und dann noch zirka einen halben Block, auf der anderen Straßenseite. Sie müssen klingeln.«

Der Professor blickt zögernd zu dem Mädchen, das beflissen an seinem Kaugummi kaut, als wolle es von der Sache nichts mehr wissen.

»Eineinhalb Straßenblocks, kapiert?«, wiederholt der andere.

Der Professor dreht sich um, und noch vor der nächsten Ecke hört er das Gelächter der beiden Halbwüchsigen und kurz darauf ein Kichern, als könnte das Mädchen nicht anders, als sich ebenfalls über irgendetwas wahnsinnig Komisches zu amüsieren. Professor Pipkin wird rot. Von allen Dingen, die dem Professor auf der Welt unbegreiflich sind, ist ihm dieses Erröten, das es ihm seit jeher unmöglich macht, einer Frau in die Augen zu schauen oder auch nur die kleinste Lüge von sich zu geben, womöglich das größte Rätsel. Lange Zeit dachte er, es gäbe ein Alter (zuerst ging er von fünfundzwanzig, später von vierzig Jahren aus), über das hinaus niemand mehr, nicht einmal er, noch erröten könnte. Dann musste er einsehen, dass er dieses wohlbekannte Glühen, das sich regelmäßig auf seine Wangen legt, niemals loswerden würde.

›Dabei sehen sie nicht einmal zu mir‹, denkt der Professor, während er mit immer noch hochrotem Kopf die Straße überquert.

Das Haus, in dem der Friseur sein soll, sieht aus wie eine Ruine. Der halb heruntergelassene Rollladen ist verrostet, und unter der abgebröckelten Mauer schauen die Ziegelsteine hervor. An der Tür hängt eine Reklame für Glostora-Haarwasser, das der Professor längst in der Versenkung verschwunden glaubte. GEÖFFNET, steht darunter, aber die Tür gibt nicht nach. Professor Pipkin drückt auf die Klingel und legt eine Hand aufs Glas, um in das dämmrige Innere zu schauen. Er sieht einen großen staubigen Raum mit Holzboden, und auf einer Seite einen alten Barbierstuhl mit Goldschnörkeln, aus dem sich ein alter Mann in Unterhemd erhebt.

Der Alte öffnet die Tür und starrt ihn an.

»Ich … ich möchte mich nur rasieren lassen«, sagt Professor Pipkin fast schuldbewusst. Der Alte starrt ihn weiter wortlos an. Er streicht sich mit der Hand über das wenige ihm verbliebene Haar und geht wieder nach drinnen. Die Tür lässt er offen. Der Professor folgt ihm, schließt die Tür und bleibt zögernd im Halbdunkel stehen.

Der Alte zieht den Rollladen nicht hoch; stattdessen geht er ans hintere Ende des Raums und zündet eine kleine Lampe an, die gerade mal den Stuhl und den Spiegel erhellt. Er bedeutet dem Professor, sich zu setzen, während er ein weißes Hemd von einem Bügel nimmt. Der Professor gehorcht und beobachtet im Spiegel, wie sich der Friseur das Hemd zuknöpft. Neben ihm auf dem Boden ist ein Zeitschriftenständer mit ein paar vergilbten Zeitschriften. Der Professor beugt sich vor und nimmt wahllos eine in die Hand: Es ist eine beinahe dreißig Jahre alte Ausgabe von *Semana Gráfica.* ›Blut von gestern‹, denkt er. Klatschzeitschriften waren ihm schon immer zuwider. Er legt die Zeitschrift wieder in den Ständer und nimmt eine andere heraus. Als er das Titelblatt ins Licht hält, hört er, ohne zu wissen warum, wieder den Schrei des auf der Bordsteinkante sitzenden Mädchens. Es ist die gleiche Nummer der gleichen Zeitschrift. Er beugt sich wieder vor und geht rasch den ganzen Ständer durch: Es sind allesamt Ausgaben der *Semana Gráfica* vom Oktober 1957.

Der Friseur tritt hinter ihn. Während er ihm den Frisierumhang umlegt und im Nacken zubindet, beschließt Professor Pipkin, die Zeitschrift aufzuschlagen. Die Blätter sind spröde und heften von der Feuchtigkeit leicht aneinander. Der Friseur rührt mit dem Pinsel den Rasierschaum an. Der erste Artikel ist ein grellbuntes Interview mit einem Kinostar, der die Liebe seines Lebens gefunden hat. Professor Pipkin kann sich nicht erinnern, seinen Namen je gehört zu haben. Mehrere Fotos des Paares beim Verlassen der Kirche zeugen anschaulich von ihrem Glück. Der Professor denkt an seine eigene Hochzeit. Zumindest wusste er damals schon, dass er *nicht* die Liebe seines Lebens gefunden hatte.

Der nächste Artikel handelt von einer entsetzlichen Feuersbrunst in einem Tanzlokal. Der Professor blättert schnell weiter, um nicht die Nahaufnahmen der verbrannten Leichen sehen zu müssen. Da fällt sein Blick auf die Frau. Das Foto nimmt fast eine halbe Seite ein. GRAUENHAFTER MORD, steht in dicken Lettern darüber, MIT DEM MESSER DIE KEHLE AUFGESCHLITZT. Aber auf dem Foto ist die Frau noch ganz lebendig. Und sie ist nicht nur sehr hübsch. In ihrem Blick oder ihrer Pose liegt eine offene Erotik, die trotz der altmodischen Frisur nicht zu übersehen ist und immer noch absolut fesselnd wirkt.

»Die gefällt dir, was?« Der Professor zuckt zusammen. Der Friseur steht mit gezücktem Pinsel hinter ihm. »Sie gefiel allen.«

Der Friseur drückt ihm das Gesicht nach oben und seift es mit ein paar routinierten Pinselstrichen ein. Der Professor sieht sich selbst als etwas lächerlichen Nikolaus im Spiegel, dann wird sein Blick unweigerlich wieder von dem Foto angezogen. Niemals konnte er und niemals würde er so eine Frau besitzen.

Auf der Seite daneben ist noch ein anderes Foto: ein sehr junger Mann mit langen Haaren und einem dicken Pflaster im Gesicht.

Der Friseur nimmt ein Messer aus seiner Brusttasche.

»Sie sind nicht von hier, oder?«, sagt er und pocht mit dem Messer auf das Foto des jungen Mannes. »Der hier war auch nicht von hier. Er ist ihretwegen geblieben.« Es klingt geistesabwesend, als spräche er mit sich selbst. Die Worte bleiben in der Luft hängen.

»Sie dachten, ich merke nichts«, sagt er mit einem Anflug von Stolz und wetzt dabei das Messer. Der Professor hört das rhythmische Schleifen der Klinge. ›Ich sollte gehen‹, denkt er und fixiert gleichzeitig wie gelähmt die Schneide, die sich auf seine Wange zubewegt. Behutsam beginnt das Messer, Haare und Schaum fortzuschaben. Der Professor sieht sein gewohntes Gesicht wieder zum Vorschein kommen, sein glattes, leicht gerötetes Gesicht, und denkt für einen Moment an den neuen Anzug im Kleiderschrank des Hotels, an den Vortrag am Abend.

»Fünfzehn Jahre habe ich gekriegt«, sagt der Friseur und säubert sorgfältig die Schneide. »Der da ist mir entwischt, gerade mal ein kleiner Schnitt im Gesicht …« Er wirkt gedankenverloren. »Aber er wird wiederkommen«, sagt er bestimmt und deutet ein Lächeln an. »Ich weiß, dass der wiederkommt.«

Professor Pipkins hört schon nicht mehr hin. Er denkt an das Wundmal, das er auf der Wange hat, von einem dummen Ausrutscher in der Badewanne. Es ist ein ganz kleines Wundmal, noch nicht einmal eine richtige Narbe. Aber es wird zutage treten, wenn die Schneide gleich zu seiner anderen Gesichtshälfte übergehen würde. ›Ich stehe auf, bezahle und gehe‹, sagt er sich. Der Friseur wetzt wieder das Messer. Er denkt an die Frau auf dem Foto, an sein ganzes Leben, das nur aus Ausrutschern in der Badewanne bestand, an einen Tod auf einer Doppelseite, der alles wettmachen würde, aber er weiß, dass er nicht deshalb bleibt. Er weiß, dass er bleibt, weil er sich in diesem Ort, wo niemand ihn kennt, nicht trauen würde, mit halb rasiertem Gesicht auf die Straße zu gehen.

EINE FRAGE VON KÖRPERÖFFNUNGEN

Als ich nach Buenos Aires ging, um bei dem berühmtem Algebra-Mathematiker Blastone zu studieren, mietete ich von meinem Stipendium ein winziges Studio im sechsten Stock eines dieser Wohnblocks, in denen sich die Fenster direkt übereinander befinden, die Wände aus Pappmaschee scheinen und man ohne es zu wollen Zeuge der banalsten und manchmal auch schrecklichsten Begebenheiten im Leben der anderen wird. Aber ich wohnte allein, und so lenkten mich die Streitigkeiten, das Gelächter, die hysterischen Geräusche aus den Fernsehern zwar oft vom Lernen ab, letztlich waren sie aber auch eine Art Gesellschaft, an die ich mich mit der Zeit gewöhnte.

Als ich das erste Mal ans Fenster trat, kam es mir vor, als könnte ich den rückwärtigen Teil des Gebäudes berühren, wenn ich mich nur ein wenig streckte, oder mit einem kleinen Sprung ohne größeres Risiko hinübergelangen. Die Wohnung gegenüber stand leer, während meiner ganzen Zeit dort waren die Rollläden heruntergelassen. In 5 B, ein Stockwerk darunter, wohnte ein Paar – anfangs dachte ich, ein Ehepaar –, das sich nicht darum kümmerte, die Fenster zu schließen, wenn es sich liebte. Fast jede Nacht, wenn das Haus schon in völlige Stille getaucht war, wurde ich von den Schreien der Frau aufgeweckt, die damals zu einer Obsession für mich wurden und die ich heute noch manchmal im Traum höre. Dennoch könnte ich sie nicht beschreiben, ich spüre, dass jeder Versuch so zwecklos wäre, wie beispielsweise den Duft eines Parfums in Worte fassen zu wollen. Einzig sei bemerkt, dass ich noch nie etwas Vergleichbares gehört hatte. Es hatte nichts mit den stockenden Seufzern der Mädchen zu tun, die ich kannte. Nichts mit dem sehnlich sanften Stöhnen meiner einstigen Freundin. Es waren schlicht und einfach Schreie. Schreie, die aus den Tiefen der Kehle an die Oberfläche stiegen und immer noch weiter zu schürfen schienen, ohne je ganz auf Grund zu stoßen. Wilde Schreie, wenn man so will, denn jede Spur von Zurückhaltung oder Scham war ihnen fern, aber vielleicht wirkten sie wegen eben dieser Rohheit so verstörend. Alles andere ist geheuchelt, schienen sie zu sagen, das hier ist die Liebe, und nur das.

In der ersten Nacht, in der ich sie hörte, sah ich auch die Frau zum ersten Mal. Es war eine heiße Februarnacht, ich wohnte gerade zwei oder drei Tage dort. Ich hatte noch kein richtiges Bett, stattdessen schlief ich auf einem Klappbett neben dem Fenster. Um zwei Uhr morgens schreckte ich mit dem Gefühl auf, es passiere gerade etwas Entsetzliches. Während ich mich aufrichtete, ertönte der letzte Laut, fast wie ein Todesschrei. Ängstlich schaute ich aus dem Fenster. Ein einziges Licht war zu sehen, schräg unter mir in 5 B, ein seltsames, bläuliches Licht, vielleicht von einem Fernseher. Ich brauchte noch einen Augenblick, bis ich begriff, was dort vor sich ging. Von meinem Fenster aus konnte man fast den ganzen Raum überblicken, der in der Nacht noch näher wirkte, sogar die Badezimmertür und das Waschbecken dahinter waren zu sehen. Nur das Bett blieb verborgen, gerade sein Rand war auszumachen, mit ein paar darübergeworfenen Kleidungsstücken. Aber ich sah ein Stück des noch zerknüllten Lakens und einen Fuß, der mit einer Ferse verhakt war, und kam mir dumm vor, diese Entdeckung nicht früher gemacht zu haben. Inzwischen war kein Laut mehr zu hören, nur eine erschöpfte Stille, eine endgültig wirkende Stille, und ich wollte mich schon vom Fenster abwenden, als die Frau sich erhob und nackt am Fußende des Bettes auftauchte.

Es war ein Körper, dessen Schönheit sich in einem ungleichen Kampf langsam geschlagen geben musste, ein Körper, dessen Anblick eine vage Traurigkeit erzeugt. Die Brüste, mit spitz in die Höhe ragenden Brustwarzen, waren schwer und voll, sackten aber bereits ein wenig ab, und die Muskeln kündigten mit schmerzlich anzusehender Mürbe ihre bevorstehende Erschlaffung an. Sie redete unbekümmert drauflos, ein Knie auf dem Bett abgestützt, und ich dachte, dass ein Frauenkörper am verletzlichsten ist, wenn er sich unbeobachtet glaubt, nicht auf der Hut ist. Sie hatte eine kräftige, etwas raue Stimme, aber ihre Worte überschlugen sich, sodass ich nicht verstand, was sie sagte. Ich glaube, sie erzählte von einem Fest oder einem Tanzabend. Ich fand sie schön oder wollte sie schön finden, oder vielleicht war es auch die kindliche Begeisterung, mit der sie sprach, oder ihre Art, sich von Zeit zu Zeit das Haar aus dem Gesicht zu streichen.

Irgendwann verschwand sie, kam aber gleich darauf mit zwei Gläsern zurück, und da wurde ich mir bewusst, dass sie mich, sollte sie aus irgendeinem Grund nach oben schauen, in Unterhosen spionierend am Fenster sehen würde. Ich trat hastig zurück und legte mich wieder hin. Eine lange Weile hörte ich noch ihre ungezwungen dahinplaudernde Stimme. Ich schlief erst wieder ein, nachdem der Rollladen heruntergerattert war.

Anfangs dachte ich, ich würde mich an diese nächtlichen Schreie gewöhnen, sie irgendwann nicht mehr hören, wie es mir mit der Klospülung meines Nachbarn oder mit dem

Krach der Fernseher zur Abendessenszeit gegangen war. Aber dem war nicht so.

Tagsüber lernte ich wie ein Besessener. Professor Blastone, den meine Wissenslücken und mein provinzieller Eifer wohl rührten, drückte mir unermüdlich entmutigende Stapel von Büchern und Zeitschriften aus seiner Privatbibliothek sowie bekritzelte Blätter in die Hand, mit denen ich mich mehr schlecht als recht herumschlug.

Um neun Uhr abends tauschte ich die Bücher gegen einen Teller Essen, fast immer Reis oder Würstchen, und wenn ich fertig gegessen hatte, stieg langsam eine ebenso undefinierbare wie zielgerichtete Unruhe in mir auf. Ich wusste, dass die Frau aus dem fünften Stock inzwischen eingetroffen war; sie kam immer zuerst nach Hause. Ich wusste, dass sie dabei war sich zu duschen, dass ich, würde ich hinausschauen, auf beschlagene Fensterscheiben blicken würde. Ich wusste, dass der Mann bald eintreffen würde und sie sich ein rotes Negligé angezogen hätte oder ein grünes mit Drachenmuster, dass sie ihm das Abendessen auf einem ausklappbaren Tablett ans Bett bringen würde. Und ich wusste vor allem, dass sie, wenn sie den Fernseher um zwei Uhr morgens ausmachten, miteinander schlafen und ihre Schreie mich aufwecken würden.

Und obwohl ich all das wusste oder vielleicht eben weil ich wusste, dass es genau so ablaufen würde, legte ich mich mit einem unruhigen Gefühl ins Bett. Mein sonst so tiefer Schlaf wurde zu einem fiebrigen, angespannten Halbschlaf. Ich sehe immer noch vor mir, wie ich mich aufsetzte, wenn die Schreie laut wurden, unbeherrscht ums Fenster strich und mich zwang, nicht hinauszuschauen. Und wenn sie endlich fertig waren, wenn ihre Stimmen in diesem triumphierenden Keuchen erstickten, das ich wie eine Befreiung herbeisehnte, starrte ich noch lange dumpf auf die nackten Wände meines Zimmers, unfähig, einen klaren Gedanken zu fassen, in quälender Ermangelung einer Frau.

Ein Lüftungsfenster und eine boshafte Bemerkung brachten mich dazu, einen schmählichen Schritt weiter zu gehen. Das Lüftungsfenster gehörte zu meiner Küche und war schon die ganze Zeit dort gewesen. Die Bemerkung machte der Concierge eines Morgens, als ich vom Zeitungskiosk zurückkam. Wir hatten das Thema Frühaufsteher und Nachtvögel unter den Hausbewohnern angeschnitten. Und aus irgendeinem unerfindlichen Grund erwähnte ich das Ehepaar aus dem fünften Stock.

»5 B meinst du?«, sagte er und lachte abfällig. »Die verheiratet? Ist doch jeden Monat ein anderer.« Und leise fügte er hinzu: »Von der kenne ich bestimmt schon zwanzig Ehemänner.«

Ich will alles detailgetreu erzählen: Am selben Abend blieb ich wach, um sie vom Fenster aus zu beobachten. Die Bemerkung des Concierge hatte mir den Vorwand geliefert, den meine Charakterlosigkeit brauchte. Jeden Monat ein anderer, wiederholte ich für mich und fühlte eine Art Vogelfreiheit in mir aufsteigen. Ich konnte jetzt von ihr denken, was ich wollte. Ich konnte sogar denken (und ich glaube, ich dachte es auch), dass sie die Rollläden vielleicht nicht ganz zufällig offen ließ.

Ich wartete also ab. Ich erinnere mich noch, dass ich bis Mitternacht ein gesamtes Kapitel des Buches von Serge Lang über Zahlentheorie durcharbeitete und mit einem sonderbaren Gefühl das Licht ausschaltete, als wäre nicht wirklich ich es, der dort im Dunkeln ausharrte.

Alle paar Minuten warf ich einen flüchtigen Blick aus dem Fenster. Ich hatte erspäht, wie das Tablett mit dem Abendessen zum Bett und später leer wieder weggetragen wurde. Dann waren Filmdialoge aus dem Fernseher zu hören, unterbrochen nur von den Werbeblöcken. Der Film kam mir unendlich lang vor, für Momente hatte ich Angst, auf meinem Stuhl einzuschlafen. Dann verstummte der Fernseher endlich. Vorsichtig schaute ich aus dem Fenster.

Mit angehaltenem Atem nahm ich einen sich aufrichtenden Schatten wahr, eine andere Art der Stille; es geschah, in eben diesem Moment. Ich lehnte mich so weit wie möglich hinaus, erschreckte mich auch der Gedanke, sie könnten mich überraschen. Doch bald erkannte ich die Zwecklosigkeit meines Unternehmens: von meinem Platz aus erhaschte ich gerade einen harmlosen Kleiderhaufen am Fußende des Bettes und ein Stück herabgerutschter Tagesdecke. Da erinnerte ich mich an das Lüftungsfenster in der Küche. Ich hatte es bei meiner Ankunft geschlossen, damit kein Staub hereinkam, aber von dort aus müsste der Winkel perfekt sein. Ich tastete mich möglichst leise bis zur Küche vor und schob das Fenster behutsam auf. Es war, als hätte ich einen letzten Vorhang gelüftet – durch diesen kleinen Schlitz sah man alles, absolut alles. Zitternd blickte ich hindurch.

Der Mann lag auf dem Bauch, ein Arme hing seitlich aus dem Bett. Sie saß auf ihm. Außer ihrem Büstenhalter trug sie nichts. Anfangs dachte ich, sie bewege sich nicht, tatsächlich strich sie aber langsam über seinem Rücken hin und her; und bei jeder dieser Pendelbewegungen sah ich ein wenig mehr von ihrem Geschlecht. Irgendwann beugte sie sich vor und löste ihren Büstenhalter. Ihre Brüste fielen weich nach vorne, sie streckte sich auf dem Mann aus und ließ ihre erregten Brustwarzen über seine Haut gleiten. Trotz des dämmrigen Lichts konnte ich das Gesicht der Frau ausmachen und ihr beinahe perverses heimliches Lächeln, das auf mich wirkte, als verstehe sie es, eine über die Grenzen des Erträglichen gehende Lust zu erzeugen.

Unvermittelt drehte sie den Mann auf den Rücken und setzte sich mit verhaltener Begierde auf sein Glied. Ich begann sie zu hören. Erst war es nur ein Keuchen. Langsam wiegte sie sich auf ihm. Ihre Augen waren halb geschlossen, und die Hände des Mannes umgriffen ihre Taille, in einem immer heftigeren Auf und Ab, bei dem ihr Keuchen rau und durchdringend wurde. Plötzlich schien sie eine jähe Raserei zu ergreifen. Ich sah, wie sie sich auf dem Mann wand, sich mit einer heftigen Bewegung das Haar aus dem Gesicht strich. Sie packte ihre Brüste mit den Händen und zwickte sich in die Brustwarzen. Ihre Schreie wurden lauter, immer lauter. Es waren die Schreie, die ich schon so oft gehört hatte, aber jetzt kamen sie mir unerträglich vor. In der Gier dieser Schreie, in dem Begehren dieser Frau lag etwas Beängstigendes.

Irgendwann warf sie sich so hart zurück, als würde sie eine Waffe entsichern; sie schrie ein letztes Mal auf, fiel nach vorne auf den Mann, umarmte ihn stürmisch, von letzten kleinen Beben durchzuckt.

Ich machte das Licht an, und geblendet von der plötzlichen Helligkeit sah ich mich in meinem Zimmer um. Ich hatte das Gefühl, es zum ersten Mal zu sehen. Auf dem Tisch stapelten sich Bücher und Papiere. Ich blätterte eine Buchseite um, ließ mich auf den Stuhl sinken. Ich wusste, dass ich diese Nacht nicht würde schlafen können.

Was von da an geschah, war sozusagen die Wiederholung dieser ersten Nacht. Oder ganz simpel ausgedrückt: Ich begann sie zu bespitzeln. Ich erinnere mich, stundenlang hinter dem Lüftungsfenster zugebracht und mit angestrengtem Blick auf das Verknittern des Lakens oder die Bewegung einer Hand gelauert zu haben, darauf wartend, dass der Fernseher verstummen und ihr Körper zu diesem brutalen Geschlechtsakt übergehen möge, der mich vollkommen in Bann hielt. Zudem war das Ganze so leicht, auf eine unheimliche Weise bequem: Ich musste nur das Licht ausschalten, das Lüftungsfenster aufschieben und warten; sie konnten mich durch diesen schmalen Schlitz unmöglich entdecken.

Ich glaube, mein schlechtes Gewissen steigerte meinen

Lerneifer anfangs noch. Zu Bett ging ich natürlich sehr spät, aber ich stand weiterhin früh auf und lernte den ganzen Tag, manchmal sogar ohne Mittagspause. Blastone ermutigte mich, zweifellos überrascht über meine Fortschritte. Wir unterhielten uns jetzt fast auf Augenhöhe, begegneten uns mit der distanzierten, intellektuellen Sympathie, wie sie sich zwischen Lehrer und Schüler einstellen kann. Ich gehörte zu den wenigen Personen, mit denen Blastone sich über sein Spezialgebiet, die Bewertungen in Zahlkörpern, unterhalten konnte, und einen Zuhörer zu haben ist für einen Mathematiker ebenso selten wie wertvoll. Ich erinnere mich, wie er mit chaotischer Leidenschaft immer wieder die Tafel vollschrieb, Fragen formulierte und selbst beantwortete, während ich mich bemühte, ihm einigermaßen zu folgen, und ihn immer wieder beschämt bitten musste, eine Schlussfolgerung zu wiederholen oder bei einem Beispiel innezuhalten. Doch Blastones Geduld war unerschöpflich und sein Vertrauen in mich vielleicht größer, als ich es verdiente, sodass er mir eines Tages unverhofft ein Promotionsthema vorschlug. Da ahnte ich zum ersten Mal, was wenig später mein Normalzustand sein sollte. Ich sah Blastone mit seiner großen Schrift an die Tafel schreiben und war mir bewusst, dass ich eigentlich froh, begeistert oder vielleicht sogar stolz sein müsste. Aber ich empfand nichts dergleichen. Ich hörte ihm aufmerksam zu. Ich erkannte den kniffligen, interessanten Aspekt des Themas. Das war alles.

Trotzdem stürzte ich mich in die Arbeit. Ich hatte entdeckt, dass etwas Schlimmeres mit mir vorging, als ich mir selbst eingestehen wollte; ich merkte langsam, dass ich mich dem Drang, mit dem ich mich nachts zum Lüftungsfenster begab, nicht mehr entziehen konnte, und dachte oder wollte glauben, dass mir die Doktorarbeit helfen würde, mich davon zu befreien.

Es vergingen ein oder zwei Monate. Obwohl ich die Frau weiter beobachtete, sobald das Licht in ihrem Zimmer anging, erfuhr ich nicht viel mehr über sie. Das kam mir im Grunde seltsam vor: Ich kannte von dieser Frau praktisch alles, weil ich sie in all ihrer Nacktheit sah, gleichzeitig wusste ich aber so gut wie nichts von ihr, gerade ein paar unzusammenhängende Details, was man sich eben durchs Fenster über das Leben eines anderen zusammenreimen kann.

Auf der Abrechnung der Nebenkosten hatte ich ihren Namen gesehen: E. Cartan. Das E stand für Eugenia. Das erfuhr ich, als ich sie einmal telefonieren hörte. Sie telefonierte häufig, aber ich wusste zum Beispiel nicht, ob sie immer dieselbe Freundin anrief oder mehrere hatte. Dafür bekam ich recht schnell heraus, dass der Concierge nicht ganz unrecht hatte. Eines Morgens vernahm ich im Halbschlaf und durch die Rollläden hindurch eine heftige Diskussion. Eine krachend ins Schloss fallende Tür weckte mich endgültig auf, und in der darauffolgenden Stille vermeinte ich sie leise weinen zu hören.

An diesem Tag aß sie allein zu Abend. Dann zog sie sich ein weißes Kleid mit tiefem Ausschnitt an und verließ die Wohnung. Sie kam sehr spät zurück, beinahe erst im Morgengrauen gingen die Lichter in ihrer Wohnung an. Als sie das Schlafzimmer betrat, sah ich, dass sie in Begleitung eines großen grauhaarigen Mannes war. Fieberhaft zogen sie sich aus, und ohne große Umstände warf der Mann sie bäuchlings aufs Bett und nahm sie brutal von hinten. Sie schrie lauter denn je, ihre Schreie nahmen gar kein Ende. Danach zog der Mann sich an und ging, aber am nächsten Abend kam er wieder, früher diesmal. Er blieb über Nacht, sie brachte ihm das Essen auf dem Tablett, und kurz darauf hörte man den Fernseher.

Diesem zweiten Mann begegnete ich eines Morgens im Hauseingang. Ich musterte ihn neugierig, ohne recht zu wissen, was ich mir davon erhoffte; inzwischen könnte ich mich an keinen einzigen seiner Gesichtszüge erinnern. Auf sie bin ich auch einmal gestoßen, als ich nach Hause kam. Sie stand am Fahrstuhl, ich stellte mich neben sie, und schweigend betrachteten wir beide die aufleuchtenden Etagennummern. Etwas übertrieben heftig riss ich die Fahrstuhltüren auf; ich fühlte mich nervös, linkisch. Ich ließ ihr den Vortritt, was sie mir mit einem freundlichen Lächeln dankte, und während ich die Türen schloss, fragte sie mich, in welchen Stock ich wolle. Da wurde mir bewusst, dass sie mich nicht einmal kannte, mich vermutlich zum ersten Mal in ihrem Leben überhaupt sah. Ich beobachtete sie aus den Augenwinkeln, während sie sich vor dem Spiegel übers Haar strich. Ihr Gesicht aus der Nähe passte zu dem Körper, den ich so viele Male nackt gesehen hatte, es war das Gesicht einer Frau, die nicht mehr lange schön sein würde. Wahrscheinlich fühlte sie meinen Blick auf sich, denn nun sah sie mich ihrerseits eindringlich und argwöhnisch an. Eine irrationale Furcht, mein Gesicht könnte sich durch irgendeinen Hinweis verraten, ließ mich wegschauen. Sie lächelte in sich hinein, und als sie im fünften Stock ausstieg, verabschiedete sie sich spöttisch mit einem übertrieben höflichen Gruß.

Die Zeit schien in gewisser Weise stehen zu bleiben. Obwohl die Liebe viele Formen annehmen kann – und diese Frau kannte sie offenbar alle –, begannen sie sich schließlich zu wiederholen. Doch aus irgendeinem Grund wurden mir diese Wiederholungen nicht langweilig, sondern regten mich im Gegenteil noch mehr auf, bisweilen in beschämendem Maße.

Manchmal hatte ich den Eindruck, ich könnte diese Obsession loswerden, wenn ich den Liebesakt als eine rein mechanische Angelegenheit betrachtete, als die mehr oder weniger rhythmische Verzahnung zweier Körper, und bisweilen sprach ich mir wie eine nutzlose Beschwörung einen dummen Satz vor, den ich wohl einmal in einem Film gehört hatte: *Sex ist nur eine Frage von Körperöffnungen.* Aber ich geriet unweigerlich immer wieder in den Bann ihrer Schreie.

Alles spielte sich ohne sichtbare Veränderungen ab, und doch war die Zeit am Werk, allerdings in anderer Hinsicht. Meine Promotionsarbeit machte keinerlei Fortschritte. Es kostete mich immer größere Mühe, mich auf das Studium zu konzentrieren. Eine seltsame Gleichgültigkeit, beinahe Benommenheit, ergriff nach und nach Besitz von mir. Ich schrieb es der Müdigkeit zu, dem mangelnden Schlaf, aber im Grunde wusste ich bereits, was mir heute offensichtlich erscheint. Denn was vor sich ging, was mit mir vor sich ging, war ebenso schlicht wie erschreckend: Ich konnte es mit der erbitterten Intensität dieser Geschlechtsakte nicht aufnehmen. Es war, als würden diese Schreie mir wieder und wieder sagen: Das hier, das allein ist das Leben. Und was hatte ich ihnen schon entgegenzusetzen? Das Buch von Serge Lang? Meine Stunden des Lernens? Und so verlor ich nicht nur das Interesse an den Dingen, alles andere kam mir im Vergleich zu diesen Szenen schlichtweg lächerlich und nutzlos vor. Dort, hinter diesem Fenster, erlangte das Leben all seine Dringlichkeit, wuchs in einer zerstörerischen Glut über sich selbst hinaus, während ich mich wie ein blasses Insekt unter einem zu starken Licht wand.

Professor Blastone merkte bald, dass ich mit meiner Arbeit nicht vorankam, und eines Tages deutete er an, sollte mein Thema sich als zu schwierig erweisen, könne er mir stattdessen auch ein anderes geben, das ebenso interessant, aber etwas leichter zugänglich sei. Ich bat ihn um ein wenig mehr Zeit, worauf er lachend erwiderte, ich hätte ihn nicht richtig verstanden, natürlich könne ich so lange damit zubringen wie nötig.

Ich weiß noch, dass ich mir vornahm, an diesem Abend einfach nur zu schlafen. Ich wollte ein für alle Mal von dieser Frau loskommen. Ich stellte den Wecker ab und ging früh zu Bett, las noch einmal das erste Kapitel eines Romans, den ich vor einiger Zeit angefangen hatte, und machte vor Mitternacht das Licht aus ... Zwecklos. Ich konnte nicht einschlafen, und pünktlich um zwei Uhr morgens wurden die Schreie laut, wie eine friedlose, alles durchdringende anhaltende Note. Einen Moment konnte ich an mich halten, mit dem Kopf unter dem Kissen, dann sagte ich mir, dass es ja doch keinen Unterschied mehr machte, wach war ich ohnehin. Barfüßig ging ich in die Küche und schaute durch das Lüftungsfenster. Man sah nur den Rücken des Mannes in der Wucht der letzten Stöße, sie war ganz von seinem Körper verdeckt. Doch für einen kurzen Augenblick wurden ihre Hände sichtbar, die nach den Hüften des Mannes griffen, als wollten sie ihn immer noch tiefer in sie ziehen. Nur das, ihre Hände, doch es genügte, um stärker denn je mein Begehren zu wecken, als wäre dieses kurze Auftauchen ihrer Hände eine Art Spott oder eine Warnung gewesen, ganz allein an mich gerichtet, die Bestätigung, dass nichts sich jemals ändern würde.

Hastig zog ich mich an und ging auf die Straße hinaus. Ich wandte mich Richtung Stadtmitte und wanderte lange vor mich hin. Niemals würde ich mich davon befreien können, dachte ich, Blastone würde die Geduld verlieren und mich abservieren. Ich wäre für immer aus dem Reich der Mathematik verbannt. Man würde mein Stipendium nicht erneuern. Ich müsste ohne Doktortitel in meine Heimatstadt zurückkehren, wo ich für den Rest meines Lebens im Gymnasium unterrichten würde und alle Schüler mich hassen würden, wie ich selbst meine Mathematiklehrer gehasst hatte. All das sagte ich mir, aber es gelang mir nicht, das Bild ihrer Hände aus meinen Gedanken zu verbannen.

An einer Kreuzung streckte mir ein schläfriger Junge eine Karte entgegen: ESCORT-MASSAGE stand darauf, GÜNSTIGE TARIFE. Das Bordell befand sich einen Block weiter. In einem diffusen, verirrten Impuls betrat ich es. Das Mädchen, das sich meiner annahm, nannte mich Schätzchen und machte einen netten Eindruck. Als sie sich auszog, sah ich, dass sie hässliche, ausgeleierte Brüste hatte. Ich bat sie, so laut zu schreien, wie sie konnte. Niemals werde ich ihr Lächeln vergessen. Das macht zwanzig Pesos extra, sagte sie. Ich zahlte. Das Mädchen tat ihr Bestes und ich auch. Es war grauenhaft.

Aus der Zeit danach ist mir nur noch eine gewisse Dumpfheit in Erinnerung, mit der ich mich selbst abdriften sah. Mit einem Rest wissenschaftlicher Neugierde registrierte ich die fortschreitenden Etappen meiner Gleichgültigkeit. Tagsüber setzte ich mich vor meine Bücher und blätterte sie mechanisch durch, unfähig, mich mit irgendeiner Seite eingehender zu beschäftigen. Ebenso wenig hatte ich die Kraft, mich meiner Doktorarbeit zu widmen, die in immer größere Ferne zu rücken schien, sich in etwas unmöglich zu Bewältigendes verwandelte. Ich weiß nicht, ich wollte nie daran denken, wie lange ich so hätte weitermachen können, mein ganzes Dasein einzig auf die Minuten fremden Lebens vor dem Lüftungsfenster gerichtet. Doch dann kam eine Nacht, die anders war als alle vorangegangenen, eine Nacht, die in gewisser Weise auch die letzte war.

Zur gleichen Zeit wie immer hatte ich das Licht in der Wohnung angehen sehen. Als ich durch das Lüftungsfenster schaute, zog sie sich gerade aus, um zu duschen. Dann saß sie mit offenem Bademantel und feuchtem Haar auf dem Bett und lackierte sich sorgfältig die Fingernägel. Als sie damit fertig war, bürstete sie sich, sie hörte gar nicht mehr auf, sich mit immer der gleichen Bewegung zu bürsten. Da wusste ich plötzlich, dass der Mann nicht kommen würde. Irgendwann schaltete sie den Fernseher an und gleich wieder aus. Sie nahm das Telefon und wählte eine Nummer. Ich glaube, sie sprach mit ihrer Mutter; ihre Stimme klang seltsam erloschen, ich konnte kaum mehr als ein paar Wortfetzen verstehen. Mehrmals sah ich sie schweigend nicken.

»Siehst du«, hörte ich sie wütend sagen. »Vierzig Jahre bin ich jetzt alt, und immer noch falle ich auf die Kerle herein.«

Sie legte auf und ließ sich aufs Bett fallen. Eine Weile blieb sie so liegen, einen Arm über dem Gesicht. Der Bademantel entblößte einen Schenkel und die dunkle Verheißung ihres Venushügels. Unvermittelt drehte sie sich zur Seite, und der Bademantel glitt von einer Brust. Abwesend, beinahe unbewusst begann sie, ihre Brustwarze zu streicheln. Einen Augenblick hielt sie inne, dann ließ sie ihre Hand abwärts wandern, strich noch etwas unentschlossen über ihren Venushügel, steckte sie sich zwischen die Beine. Ihr Körper bog sich in einer langsamen, stummen Lust, bis sich ihre Beine in einem Erbeben öffneten und mir für einen Moment den Blick auf das blinde Spiel ihrer Finger freigaben.

Beschämt wandte ich mich ab. Von Anfang an hatte ich es gewusst, und trotzdem hatte ich weiter zugeschaut. Sonderbar sind die Mechanismen des Schuldbewusstseins: Ich glaube, von allem, was vorher war, bereue ich im Grunde nichts, aber diesen einen Moment, diese Minute würde ich gern für immer aus meinem Leben und meinem Gedächtnis löschen. Immer noch benommen schaltete ich das Licht an. Diesmal drangen keine Schreie zu mir, sondern ein kaum hörbarer Klagelaut. Da fasste ich einen jähen Entschluss. Ich schrieb einen kurzen Zettel, wartete, bis sie das Licht ausmachte, ging hinunter und schob den Zettel unter ihrer Wohnungstür hindurch. Darauf stand, ich hätte ihr etwas zu sagen, ob sie irgendwann einen Moment zu mir hochkommen könnte. Das war alles.

Am nächsten Morgen wachte ich voller Entsetzen auf. Bei Tageslicht erschien mir meine nächtliche Aktion vollkommen verrückt, eine dumme Kurzschlussreaktion. Aber sie würde kommen, ganz bestimmt. Ich hatte die Nachricht ausreichend neutral gehalten, eine Mitteilung unter Nachbarn. Sie würde kommen, aber es würde nicht so ablaufen, wie ich es mir vorgestellt hatte. Sicherlich würde sie mich beschimpfen, sie würde hinauslaufen und im ganzen Haus herumschreien, ich sei ein Perverser. Oder noch schlimmer, sie könnte irgendeinen breitschultrigen Schrank dazu bringen, mir die Visage zu polieren.

Unterdessen hatte ich begonnen, mein Zimmer aufzuräumen, und langsam fasste ich wieder Mut. Endlich hatte ich es zumindest geschafft, etwas zu unternehmen. Sie würde kommen, ich würde ihr alles erzählen, und es würde etwas geschehen. Eine Art Schwindel ergriff mich: Mit diesem simplen Zettel hatte ich etwas in Bewegung gesetzt, das jetzt auf mich zukam, das unvorhersehbar jederzeit geschehen konnte.

Es klingelte, als ich gerade die Papiere vom Tisch geräumt hatte. Einen Augenblick dachte ich, dass ich immer noch so tun könnte, als sei niemand zu Hause. Doch ich öffnete. Sie trug eine Sonnenbrille. Sie fragte mich, ob der Zettel von mir sei. Ich nickte und bat sie herein. Sie setzte sich auf den Stuhl, auf dem ich sonst immer saß, was mich etwas aus dem Konzept brachte; zögernd stand ich neben ihr. Sie lächelte neugierig.

»Ich höre«, sagte sie. Ich fühlte mich wie bei einer schwierigen Prüfung, wenn plötzlich alles ganz klar wird, weil man die richtige Antwort weiß. Ich bat sie, mich nicht zu unterbrechen, und redete los. Ich erzählte ihr alles, oder fast alles, was in diesem Fall auf dasselbe herauskam. Ich verschwieg nur die letzte Nacht und die Bemerkung des

Concierge, die sie unnötig verletzt hätte. Ich sprach mit einer Leidenschaft, die mich selbst überraschte; noch die schrecklichsten Dinge sprudelten nur so hervor, und ich sagte sie ihr alle, ohne weiter zu überlegen, auf diesen übermächtigen, nie gekannten Überschwang vertrauend.

Ich bemühte mich, sie nicht anzusehen, doch es entging mir nicht, dass sie unwillkürlich lächelte. Da dachte ich, dass ich vielleicht trotz allem eine Chance hätte. Als ich fertig war, sah ich, dass sie ihre Sonnenbrille abgenommen hatte und in ihren Händen drehte. Ich glaube, sie hatte gleich gemerkt, dass es hier um mehr ging als nur um ein Geständnis; sie wusste von Anfang an, worauf ich wirklich hinauswollte. Unverhofft fragte sie mich, wie alt ich sei.

»Vierundzwanzig«, sagte ich und hoffte, mich alt genug gemacht zu haben.

»Vierundzwanzig«, wiederholte sie mit einem leisen Seufzer. »Ich bin neununddreißig.«

Sie stand auf, machte ein paar Schritte durchs Zimmer und betrachtete neugierig die Bücher. Über allem lag das schreckliche Unbehagen, das lang ersehnte Ereignisse hervorrufen, wenn sie endlich eintreten, von der Wirklichkeit zu einer falschen Selbstverständlichkeit verzerrt. Sie war schließlich zu mir gekommen, aber sie hatte sich in einen anderen Stuhl gesetzt, alles von mir Gesagte hatte bei ihr gerade ein Lächeln hervorgerufen, und jetzt las sie amüsiert die Titel meiner Bücher. Sie schaute auch kurz in die Küche, wo ihr Blick wohl auf das unabgewaschene Geschirr fiel, denn sie wandte sich mir mit einem unerträglich fürsorglichen, mütterlichen Lächeln zu. Dann setzte sie mit einer etwas theatralischen Geste wieder ihre Brille auf und streckte mir ihre nach Creme riechende Hand zum Abschied hin.

»Es tut mir leid, dass du wegen meiner Nachlässigkeit etwas gesehen hast, was du nicht hättest sehen sollen«, sagte sie, und ich konnte nicht ausmachen, ob Spott in ihrer Stimme lag. »Ich verspreche dir, dass es nicht wieder vorkommen wird.«

Als sie an diesem Abend nach Hause kam, machte sie sofort die Fenster zu und ließ die Rollläden herunter. Von da an waren sie nachts hermetisch verriegelt. Drei oder vier Tage später waren die Schreie wieder zu hören, aber durch die geschlossenen Fenster klangen sie seltsam harmlos. Ich konnte wieder schlafen und widmete mich meinem Promotionsthema mit neuen Energien, ohne mich weiter ablenken zu lassen. Schließlich brachte ich die Arbeit zu einem zwar nicht brillanten Abschluss, der aber doch ausreichend gut war, um den Doktortitel und eine Professorenstelle an der Universität meiner Heimatstadt zugesprochen zu bekommen.

Manche Menschen hätten sich in ihrem Leben vielleicht etwas mehr Geld oder Macht gewünscht. Ich hätte mir gewünscht, eine einzige Nacht diese Frau in meinem Bett zu haben.

EIN ABSTIEG IN DIE UNENDLICHKEIT

Alejandro Schaub war nach Buenos Aires gekommen, um dort die Universität zu besuchen, so hatte sein Vater es beschlossen. Für Teodoro Schaub, den Auktionshändler von Puente Viejo, war die Ausbildung seines Sohnes immer sehr wichtig gewesen. Als Jugendlichem hätte er ihm gern die drei Fertigkeiten beigebracht, die er im Leben für unverzichtbar hielt: Autofahren, Schwimmen und Schießen. Doch das Autofahren konnte er ihm nicht beibringen, weil er sich zu dieser Zeit gezwungen sah, seinen alten Pick-up zu verkaufen. Gleichzeitig zeigte Alejandro nie besondere Begeisterung für das alte Gewehr, das im Büro seines Vaters hing. Dafür lernte er im seichten Flusswasser schwimmen und tauchte mit einer bis dahin ungekannten Geschicklichkeit zwischen den Beinen seines Vaters hindurch. Mit dreizehn Jahren war er der schnellste Schwimmer von Puente Viejo, und bei einem Wettkampf mit der Mannschaft aus Buenos Aires gewann er die fünfzig Meter Freistil in seiner Altersklasse. Ein Foto von ihm auf dem Siegerpodest erschien in der Lokalzeitung, und der ehemalige Olympiasieger Ranelagh, damals Trainer in der Hauptstadt, bat ihn, er solle ihn aufsuchen, sollte er sich zu einer Schwimmerkarriere entschließen. Doch Alejandro beschränkte sich darauf, sein Foto sorgfältig auszuschneiden und es unter die Glasplatte seines Nachtkästchens zu schieben.

Als Alejandro das Gymnasium abschloss, legte ihm der alte Schaub, dem es nicht gelungen war, in seinem Sohn irgendeine Berufung zu entdecken oder auch nur den Hauch eines begeisterten Interesses, wie er es für absolut entscheidend hielt, eine Liste aller akademischen Berufe in alphabetischer Reihenfolge vor. Alejandro schaute beängstigt auf das Blatt und entschied sich für Anwalt.

Mit seinem kleinen monatlichen Unterhalt mietete er sich ein Studio in der Calle Agüero 800, in einem großen alten Haus, das früher einmal ein Seniorenheim gewesen war. Es gab weder Aufzug noch Concierge. Er hatte das Studio 2 A im zweiten Stock, wie alle anderen nur ein Zimmer, allerdings mit einem Fenster zur Straße. Trotzdem sah er nur gestaunt hatten hinaus, denn der einzige Ausblick waren die riesigen ausrangierten Großmarkthallen. Der Verkehr wurde eine Kreuzung zuvor auf breitere Achsen umgeleitet, sodass in diesem Straßenblock, in dem sich früher die Lastwagen gestaut hatten, mit Getöse Waren auf- und abgeladen wurden, nur noch ein paar vergessene Kisten vor sich hin gammelten. Auch das Haus wirkte in gewisser Weise verlassen. Aus einem Fenster im Erdgeschoss streckte sich bisweilen eine verrunzelte Hand und neigte mühselig eine Teekanne über einen Geranientopf. Er erfuhr nie, wer dort wohnte, doch wenn er an der Tür vorbeikam, atmete er flacher, aus Angst, es könnte verwest riechen.

Im ersten Stock wohnte eine Señora Kugan, Kosmetikerin, wie auf einem Schildchen an ihrer Tür zu lesen war, die er grüßte, wenn er ihr auf der Treppe begegnete, und neben ihr ein Schauspieler namens Bergé, ein grauhaariger Mann, in dessen Gesicht wie eine erstarrte Grimasse ein Rest von Jugend lag. Alejandro erstaunte es, wie dieser Mensch, der von noch kleinerer Statur war als er selbst und einen insgesamt recht abgewrackten Eindruck machte, auf eine ironische Art so tat, als überrage er die ganze Welt.

Im zweiten Stock gab es neben seinem eigenen noch ein anderes Studio am Ende des Ganges, das bei seiner Ankunft unbewohnt war. Bis er eines Morgens zu Beginn des Winters vom oberen Treppenabsatz aus sah, wie eine Frau oder vielmehr eine keuchende Masse unter größter Anstrengung einen kleinen Koffer hinauftrug. Da er befürchtete, sie würden nicht aneinander vorbeipassen, blieb er stehen, wo er war, und verfolgte ihren Aufstieg. Jeder Schritt schien ihr den Atem zu verschlagen, und kurz überlegte er, ob er hinuntergehen und ihr helfen sollte, doch dann merkte er, dass die Frau nicht den Koffer mit solcher Mühe nach oben schleppte, sondern ihren eigenen Körper. Aus der Nähe sah man, dass vor allem ihr Hals entsetzlich aufgequollen war und eine ähnlich unförmige Ausbuchtung über ihren Bauch lappte. Dennoch wirkte sie auf Alejandro noch relativ jung, und als er an ihr vorbeikam, wandte er sich ihr zu, um einen Blick auf ihr Gesicht zu erhaschen, das sie die ganze Zeit über gesenkt gehalten hatte. Er sah in aufgedunsene, schwammige Züge, in ein Gesicht, das ihm vielleicht Angst eingejagt hätte, wären nicht ihre grün schimmernden Augen gewesen, in denen etwas schmerzlich Verschrecktes lag, wie bei einem verwundeten Tier, das zu groß ist, um sich zu verstecken. Er hörte ihre schweren Schritte verhallen, während sie zum Ende des Flurs weiterging. Auf dem Absatz im ersten Stock stand Señora Kugan und sah ebenfalls nach oben.

»Offenbar haben wir eine neue Nachbarin«, sagte sie und las wohl an seiner Miene ab, welch tiefen Eindruck die Frau bei ihm hinterlassen hatte, denn sie fügte hinzu: »Klarer Fall von Schilddrüse.«

In die Stille, die auf ihr Wispern folgte, hörten sie oben die Tür ins Schloss fallen.

Er sah die Frau den ganzen Winter über nicht wieder. Anfangs überraschte ihn das nicht besonders, denn er verließ das Haus sehr früh und kam erst abends zurück, von Mal zu Mal später. Es waren nicht seine Universitätskurse, die so lange dauerten. Bald war er zu der schmerzend klaren Einsicht gekommen, dass er nicht fürs Studium geschaffen war. Dumpf drangen die Stimmen der Professoren zu ihm durch, verständnislos wohnte er dem Eifer der anderen Studenten bei, die sich gegenseitig Bücher liehen und nach den Vorlesungen in Wirtschaft oder Politik noch weiter diskutierten. Und als er sie bei der ersten Prüfung in Anzug und Krawatte sah, schienen sie ihm so erwachsen, so unendlich weit weg von ihm. Er fiel durch die Prüfung durch und bestand sie auch nicht beim Nachholtermin. Da erinnerte er sich an die Worte von Ranelagh und beschloss, ihn aufzusuchen. Der Schwimmverein befand sich in einem entfernten Wohnviertel. Er erkannte den Trainer sofort am Rand des Beckens wieder. Ranelagh brauchte dagegen eine Weile, bis er sich an ihn erinnerte.

»Ach ja«, sagte er dann und richtete sich mit dem Blick zu ihm auf. »Das Problem ist nur, dass du nicht weiter gewachsen bist. Wie alt bist du jetzt?«

Alejandro nannte sein Alter, und die Zahl klang in seinen Ohren hoch und fremd, als stünde sie plötzlich nicht mehr zu seinen Gunsten. Ranelagh sah ihn nachdenklich an.

»Dir bleiben nur noch die Langstrecken«, sagte er. »Du kannst es mit tausendfünfhundert Metern versuchen, wenn du willst. Und Junge«, rief er ihn zurück, als Alejandro sich zu den Umkleiden entfernte, »gib dir ein Jahr, sonst such dir lieber etwas anderes.«

Er begann, mit blinder Disziplin zu trainieren, um die verlorene Zeit wettzumachen. Nach dem Training zog er weiter Bahn um Bahn im leeren Becken, bis die Lichter ausgemacht wurden. Er fuhr mit dem letzten Bus nach

Hause, sodass er keinem seiner Nachbarn überhaupt noch begegnete. Aber irgendwann kam es ihm doch seltsam vor, dass von dieser Frau keine Spur zu entdecken war, wie andere Menschen sie sonst hinterlassen: Nie hingen ihre Kleider an der Wäscheleine auf der Dachterrasse – er hätte sie bestimmt sofort erkannt –, aus ihrer Wohnung drang nie das leiseste Geräusch, man hörte sie nicht einmal abends den Müll auf die Straße tragen. Aber er wollte sich an die städtische Gleichgültigkeit gewöhnen und dachte nicht weiter darüber nach.

Erst im September sah er sie wieder, oder vielmehr sah er an einem Samstagnachmittag, als er auf die Terrasse ging, um seine Badehose aufzuhängen, eine Frau in einem ärmellosen, nachlässig bis über die Knie hochgezogenen Kleid in der Sonne liegen. Unwillkürlich wanderte sein Blick über die langen Beine nach oben, und da erst erkannte er, dass diese betörende Erscheinung in der Sonne dieselbe Frau sein musste, der er einmal auf der Treppe begegnet, dieselbe Frau, die seit Monaten seine Nachbarin war. Das Kleid wölbte sich leicht auf Bauchhöhe, aber das wirkte nur noch ein wenig mollig an einem sonst perfekten Körper. Mit einem Blick zu ihm richtete sie sich halb auf, und sofort erinnerte er sich wieder an die grünen Augen. Sie beobachtete ihn einen Moment, mit einer Eindringlichkeit, aus der mehr als bloße Neugier sprach. Er fühlte sich verunsichert: Er war gerade mal einen Meter dreiundsechzig groß, was diese Frau unmöglich übersehen konnte. Er hatte auch keine anderen besonderen Attribute; seine einzigen beiden Freundinnen in Puente Viejo hatten immer seine vorgeblich viel wichtigeren inneren Vorzüge hervorgehoben, mit denen sich trösten muss, wer keine angeborene Schönheit besitzt.

Am nächsten Samstag begegnete er ihr wieder, und war der Gang auf die Dachterrasse ihm bis dahin verhasst gewesen, wurde er jetzt zu einem heiß ersehnten Moment. Die Frau war noch schlanker geworden. Nichts erinnerte mehr an ihren einstigen Körper. Sie hatte immer dasselbe schlichte Kleid an, und ihr Haar fiel offen herab. Sie trug auch keine Ohrringe oder Armreifen, und dieser auf jeden Schmuck verzichtende Körper hatte etwas Natürliches, das mit der städtischen Umgebung und dem Fliesenboden der Terrasse kontrastierte.

Seit dem ersten Samstag hatte sie ihm keine Beachtung mehr geschenkt, aber Alejandro merkte, dass sie beim Geräusch der aufschwingenden Tür zusammenzuckte. Erschrocken schlug sie die Augen auf, und erst, wenn sie ihn erkannte, senkten sich ihre Lider erneut und sie streckte sich wieder aus, ohne sich weiter um ihn zu kümmern. Sie hatte den Blick nicht mehr auf ihn gerichtet, trotzdem klammerte er sich mit der linkischen Hoffnung einsamer Menschen an jenes erste aufflackernde Interesse. In der Schwimmmannschaft hatte er auch keine Freundschaften geschlossen. Von Anfang an hatten die anderen ihn eher herablassend behandelt, wenn auch mit Bedacht, schließlich hatte Ranelagh ihn ins Team aufgenommen. Das Training war hart. Alejandro, der den stolzen Freistil von Mark Spitz imitiert hatte, musste sich einen engen, unspektakulären Kraulstil aneignen, der das Wasser nicht aufschäumte. Aber da war noch etwas Schlimmeres. »Bei den Kurzstrecken«, hatte Ranelagh ihm gesagt, »kämpft man gegen die anderen Schwimmer. Ab achthundert Metern kämpft man nur noch gegen das Wasser an.« Alejandro geriet zu schnell außer Atem. Er hob den Kopf immer hastiger zum Luftholen, aber es gelang ihm nicht, seine Wasserlage zu halten. Er strampelte mit aller Kraft, um wieder aufzutauchen, und wenn er sich schließlich mit steifen Beinen und nach Luft schnappend am Ende der Trennleine festhielt, hörte er Ranelagh vom Beckenrand aus wütend schreien, er solle weiterschwimmen.

Bei den Meisterschaften erzielte er klägliche Ergebnisse. Seinetwegen verloren sie außerdem eine Staffel. Ranelagh sagte nichts, aber als das Training wieder aufgenommen wurde, nannten ihn alle nur noch den Zwerg.

Er hatte in diesem Jahr vier Briefe an seinen Vater geschrieben. Von Zeit zu Zeit waren den Geldsendungen ein paar Zeilen beigefügt, knapp und unpersönlich. Im Januar machte die Mannschaft eine Reise ohne ihn, und er überlegte, seinen Vater während dieser Tage zu besuchen, doch es bedrückte ihn, hinsichtlich des Studiums lügen zu müssen. Er hatte aber auch keine anderen Pläne, und so fand er sich inmitten der drückenden Hitze in seinem Zimmer wieder, ohne recht zu wissen, was er tun sollte. Am ersten Tag wachte er früh auf und konnte nicht wieder einschlafen. Er frühstückte langsam, und während er dabei niedergeschlagen die Sonne ins Fenster scheinen sah, hörte er nackte Füße über den Flur tapsen und kurz darauf die Tür zur Terrasse aufgehen. Nachmittags wurde er sich bewusst, dass er darauf horchte, wann sie wieder zurückkommen würde. Wie lange kann jemand in der Sonne liegen, fragte er sich. Als er die Tür wieder hörte, war es bereits dunkel und er hatte sich gerade zum Abendessen hingesetzt. Am nächsten Tag wurde es noch heißer. Nach dem Aufwachen überblickte er die menschenleere Straße, die Fenster mit den als nutzloser Schutz heruntergelassenen Rollläden, die gleißenden Terrassen. Er war sich sicher, dass die Frau trotzdem auf die Terrasse gegangen war, dass sie sich in der knalligen Mittagshitze ausgestreckt hatte. Und bei dem Gedanken an die reglose Gestalt, die den ganzen Tag dort in der prallen Sonne liegen würde, verspürte er eine immer unwiderstehlichere Anziehung, als sei dieser keinen anderen Blicken ausgesetzte Körper für ihn erreichbar, locke ihn herbei, erwarte ihn. Als die Sonne tiefer stand, beschloss er, ebenfalls auf die Terrasse zu gehen. Behutsam öffnete er die Tür, um sie nicht zu erschrecken, und auf den ersten Blick bemerkte er etwas, was ihm vorher nicht aufgefallen war: In dieser ganzen Zeit war ihre Haut von der Sonne keine Spur dunkler geworden. Er hatte sich ihr gerade einen Schritt genähert, da hörte er jemand pfeifend den Flur entlangkommen. Die Tür flog auf, und es erschien Bergé, der Schauspieler aus dem ersten Stock. Er hatte ausgefranste Shorts an, ein Handtuch über der Schulter, und sein nackter Oberkörper strotzte vor lauter kleinen Muskeln. Außer Alejandro war niemand überrascht. Die Frau lächelte ihm zu, als habe sie auf ihn gewartet.

»Viel los heute auf der Terrasse«, sagte Bergé, legte sein Handtuch neben sie und flüsterte ihr noch etwas ins Ohr, worauf sie erneut lächelte. Doch ihre grünen Augen streiften wieder Alejandro, und dieser flüchtige Blick hatte etwas seltsam Entschuldigendes oder Verheißungsvolles, als wollte sie sagen: Tut mir leid, er war eben zuerst da.

Alejandro wurde rot, trotzdem blieb er noch einen Augenblick in der Betrachtung der beiden stehen, denn da war etwas in dem Kontrast ihrer Körper oder in dem athletischen kleinen Körper des Mannes, der jetzt beim Reden die Arme um die Knie geschlungen hatte, oder vielleicht in der Art, wie sie sich ihm beim Zuhören zudrehte, dabei langsam ihre langen Beine ausstreckte und ihn fast einkreiste, all das hatte etwas Bedrohliches, das es ihm nicht zu greifen gelang.

Das Training begann wieder und er versuchte sie zu vergessen. Zwei ganze Wochen ging er nicht auf die Terrasse, doch als sein Studio irgendwann vor schmutziger Wäsche überquoll, sagte er sich, dass das auch keine Lösung war. Gegen Mittag trat er mit der gewaschenen Wäsche durch die Terrassentür. Sie war nicht da. Ungläubig betrachtete er das Areal, wo sie sonst lag, die Ritzen in der Mauer, die leeren Ecken. Lange blieb er abwartend stehen, bis die

Mittagssonne ihn schwindlig machte, dann verbrachte er den restlichen Nachmittag in seinem Zimmer damit, auf ihre Schritte zu lauschen. Der darauffolgende Samstag war kühl und regnerisch, einer der ungemütlichen Tage, mit denen sich der Herbst ankündigt. Er wollte bei keinem Training fehlen, sodass er sieben weitere Tage wartete, doch als er endlich wieder auf die Terrasse ging, hing dort nur ein wenig weiße Wäsche von Señora Kugan an einer Leine. Und obwohl der Herbst mild war und er auf den Plätzen der Stadt immer wieder Frauen in der Sonne liegen sah, begegnete er ihr nicht mehr. Die kalten kurzen Junitage befreiten ihn zumindest von jeglicher Erwartung. Er wandte sich wieder seinem Leben zu, mit dem Blick eines soeben Hinzugekommenen. Die von Ranelagh festgesetzte Frist war abgelaufen und seine Resultate hatten sich nicht gebessert. Er musste aus der Mannschaft austreten. Doch ihn ängstigte der Gedanke, damit das Schwimmen ganz aufzugeben, und so trainierte er auf eigene Faust wieder Kurzstrecken. Er schwamm auf einer Seite des Beckens, ohne Trennleine, und hörte von Weitem Ranelagh den anderen Anweisungen zuschreien. Sein Schwimmen war jetzt nicht mehr diszipliniert, sondern verzweifelt. Es gelang ihm nicht, zu seinem früheren Stil zurückzufinden, oder vielleicht konnte er ihn auch einfach nicht mehr so schön finden wie früher.

Unterdessen hatte er Bergé ganz vergessen. Ihn hatte Alejandro auch nicht mehr gesehen; ihm war zwar aufgefallen, dass sein Fenster nie erleuchtet war, doch er hatte nicht weiter darauf geachtet. Bis er Ende Juli an Bergé adressierte Post in seinem Briefkasten fand. Er ging in den ersten Stock hinunter und klopfte mehrmals; schließlich schob er die Briefe unter dem Türschlitz hindurch. Als er sich wieder aufrichtete, stand Señora Kugan vor ihm.

»Er wohnt nicht mehr hier«, sagte sie, »wussten Sie das nicht?«

Alejandro schüttelte den Kopf.

»Unser Hauptdarsteller ist durch den Hintereingang verschwunden«, sagte sie. »Hat sich dünngemacht. Ohne die Miete zu bezahlen natürlich.«

Man habe die Tür aufbrechen müssen, sagte sie und fügte eine Auflistung aller von Bergé zurückgelassenen Sachen an, aber Alejandro hörte ihr nur noch mit halbem Ohr zu. Er verabschiedete sich so schnell er konnte, denn der Gedanke war ihm gekommen, dass auch sie vielleicht nicht mehr da war, dass er womöglich monatelang einem leeren Zimmer aufgelauert hatte. Statt direkt in sein Studio zurückzugehen, wandte er sich langsam der Tür am Ende des Ganges zu. Er beobachtete sich dabei selbst mit der Befremdung, mit der man etwas Verbotenes oder Verabscheuenswertes tut. Gebückt sah er durchs Schlüsselloch. Der Raum lag im Dunkeln, und zunächst konnte er nichts erkennen. Dennoch hielt etwas ihn zurück, war ihm, als sei da eine Bewegung, ein kaum wahrnehmbarer dunkler Schatten inmitten der Schatten, eine Nuance in der Dunkelheit. Er erahnte oder schloss vielmehr auf die Umrisse des Bettes. Das, was sich regte, befand sich darauf. Sein Auge brannte von dem Luftzug, der durch das Schlüsselloch kam, doch als er schon aufgeben wollte, machte er den Verlauf des Lakens aus und sah, dass es eine übermäßige Wölbung bezeichnete, ehe es nach und nach wieder abfiel. Als Alejandro sich aufrichtete, hatte er keinen Zweifel mehr: Das darunter war ein Bauch, ein mächtiger Bauch, der sich hob und senkte.

In der darauffolgenden Zeit kam er zu der Überzeugung, dass das, was er gesehen hatte, nichts anderes sein konnte als die fortgeschrittene Phase des vielleicht unheimlichen, aber vollkommen natürlichen Prozesses, der Frauenkörper neun Monate lang anschwellen lässt. Allerdings sah er nicht noch einmal durchs Schlüsselloch, um sich Gewissheit zu verschaffen. Die geschlossene Tür flößte ihm inzwischen einen undefinierbaren Schrecken ein.

Zu Beginn des Frühlings begegnete er ihr wieder; ihr herrlicher Körper lag nachlässig an derselben Stelle auf der Terrasse ausgestreckt. Als er mit seiner Wäsche zur Leine ging, sah er, dass sie sich auf den Ellbogen abstützte und in sich hinein lächelte. Sie wirkte ganz und gar nicht, als hätte sie gerade ein Kind zur Welt gebracht. Eine panische Erinnerung an Zeitungsmeldungen von Stricknadeln und Säuglingen in Plastiktüten stieg in ihm auf. Sie lag direkt vor ihm, die Knie leicht auseinandergestellt. Ihr Gesicht wurde nach und nach von der Wäsche verdeckt, die Alejandro aufhängte, aber wenn er sich bückte, um ein neues Kleidungsstück aus der Tasche zu nehmen, sah er ihre Beine, ihre Knie, die sich nicht zusammendrückten, sondern stattdessen noch ein wenig weiter öffneten und einen immer tieferen Einblick zwischen ihre Schenkel freigaben, bis er zu dem Schluss gelangte, dass sie tatsächlich nichts unter ihrem Kleid trug. Als er die Wäsche fertig aufgehängt hatte, sah sie in die andere Richtung, doch ihre Beine waren nach wie vor gespreizt, wie zum Beweis, dass es sich nicht um ein Versehen gehandelt hatte.

Diese so herbeigesehnte Begegnung rief in ihm eine völlig unerwartete Reaktion hervor. Sie erschreckte ihn. Beim Verlassen der Terrasse sah er sich in der Glasscheibe der Tür reflektiert, wie man sich manchmal unverhofft selbst überrascht und mit dem Blick der anderen sieht. Unwillkürlich dachte er, dass sie ihn ebenso sehen musste: hässlich, untersetzt, unbedeutend, und gleichzeitig zeigte ihm sein Gedächtnis das längst vergessen geglaubte Bild des sich auf dem Terrassenboden in einem Halbkreis um Bergé räkelnden Körpers der Frau ein Jahr zuvor.

Er beschloss, all dem ein Ende zu machen, sie aus seinen

Gedanken zu verbannen. Bald merkte er jedoch, wie schwer ihm das fallen würde. Vor allem an den Wochenenden hielt er es kaum noch in seinem Zimmer aus, nachdem er sie auf die Terrasse hatte gehen hören. Er fing an, stundenlang durch die Straßen zu laufen. Nur einmal in der Woche ging er selbst auf die Terrasse, wenn es bereits dämmerte. Trotzdem begegnete er ihr im Dezember ein weiteres Mal. Es war der einundzwanzigste Dezember, dieser Grenztag, an dem der Sommer gerade erst beginnt und man dennoch das Gefühl hat, alles sei schon vorbei, weil alles Licht und aller Überschwang der bevorstehenden Zeit nicht übertuschen kann, dass die Tage bereits immer kürzer werden. Alejandro hatte lange auf seinem Bett liegend gewartet, dass es in seinem Fenster dunkel würde. Er sah sie nicht, als er durch die Glastür trat, und betrat die Terrasse unvorbereitet. Sie stand in einer Ecke an der Brüstung, das Gesicht einem letzten Sonnenstrahl zugewandt, der über die Mauer fiel. Sie drehte sich nicht um, doch Alejandro spürte, dass sie ihn gehört hatte. Er betrachtete ihren gereckten Rücken und dachte mit der beängstigenden Klarheit, mit der man vor Augen hat, was man niemals tun wird, dass er sie umarmen könnte, täte er nur zwei Schritte mehr.

Dieser zweite Sommer war eine schleppende Aufeinanderfolge von endlosen, erstickenden und identischen Tagen. Dennoch ist die Wiederholung nie einfach nur Wiederholung; sie ist ein Gärstoff, der allein in seiner gutartigsten Form Langeweile erzeugt. Denn der neue Tag erschaudert, sieht er sich dem vorangegangen gleich, rebelliert, wehrt sich verzweifelt, und wenn die Sonne untergeht und er nichts dagegen ausrichten konnte, bringt diese Ohnmacht über Nacht fieberhaft immer unheimlichere Ungeheuer hervor.

Im Januar ließ Alejandro oft die Tür offen stehen, wie er es bei Señora Kugan gesehen hatte, und sagte sich, dass er so etwas frische Luft bekäme. Dann zog es ihn unweigerlich auf den Flur hinaus, und langsam näherte er sich der Terrassentür, um durch die Glasscheibe das Einzige zu betrachten, was von dem Körper der Frau zu sehen war: ein langer Schatten auf dem Terrassenboden. Im Schwimmbad, das in den Ferien voller Schulkinder war, zog er in seiner Wettkampfbadehose seine Bahnen, und alle machten ihm mit der Mischung aus Furcht und Spott Platz, die Besessene hervorrufen.

Mitte Februar wachte er eines Morgens mit geröteten Augen auf. Seine Wimpern klebten zusammen, und ein zunehmendes Brennen ließ ihm die Tränen über die Wangen laufen. Trotzdem suchte er nicht gleich die Krankenstation des Clubs auf. Er hatte Angst vor der Diagnose, die dann schließlich doch gestellt wurde: Er hatte eine Bindehautentzündung, die Anfängerkrankheit. Man verschrieb ihm Tropfen und dämmriges Licht. Bei heruntergelassenem Rollladen lag er auf dem Bett und hatte das Gefühl, dass es mit dem Schwimmen vorbei war, dass auch das Wasser ihn von sich gewiesen hatte, mit der erniedrigenden Gleichgültigkeit, mit der ihn alles verließ.

Das Telegramm kam einige Tage später, als habe es den Zeitpunkt abgewartet, an dem seine Augen wiederhergestellt waren. Er brauchte einen Moment, bis er etwas mit dem vollständigen Namen eines seiner Onkel anzufangen wusste, den er nur mit seinem Spitznamen kannte. Sein Vater war gestorben. Das genaue Datum überflog er und las den Rest. Man hatte seine Adresse nicht früher ausfindig machen können. Dann ein Punkt und: Beerdigung geregelt.

Er packte seinen Koffer mit einem Gefühl der Nutzlosigkeit, ohne recht zu glauben, dass er sich wirklich auf die Reise begeben würde. Seine Hände zitterten, er konnte kaum seine Hemden zusammenlegen. Er stapelte die wenigen Dinge, die er besaß, irgendwie übereinander, und ging auf die Terrasse, um ein letztes Kleidungsstück von der Leine zu nehmen. Die Tür öffnete sich, ehe er den Griff berührte, und wie eine Erscheinung hatte er in der Dämmerung ihre Gestalt vor sich. Es war schon so dunkel, dass nur ihr Gesicht und der grüne Schimmer ihrer Augen zu erkennen waren. Ein Windstoß fuhr in den Flur. Er biss die Zähne zusammen, damit sie nicht losklapperten. Da hörte er ihre Stimme, seltsam erloschen, als habe auch sie sich erschrocken.

»Es wird langsam kühl«, sagte sie.

Sie standen ganz nah. Plötzlich spürte er, wie sich die Hand der Frau um seinen Hals legte und sie ihn zu sich zog, um ihn auf den Mund zu küssen. Er versuchte, sie zu umarmen, um sie erneut zu küssen, doch sie wich zurück, ohne den Blick von ihm zu nehmen, und öffnete die Tür zu ihrem Studio. Alejandro folgte ihr, und als er auch im Zimmer war, schloss sie die Tür von innen zu. Dann drehte sie sich zu ihm um und zog ihr Kleid aus. Ihre Brüste waren voll und reif, und als ihr Kleid zu Boden fiel, sah er die gerade von einem unschuldigen Flaum bedeckte Einbuchtung zwischen ihren Beinen.

Er entkleidete sich ebenfalls. Als er aus seinen Schuhen schlüpfte, merkte er, dass sie unter dem Bett gegen ein anderes Schuhpaar stießen. Er blickte die Frau an. Ausgestreckt kam ihr nackter Körper ihm unerreichbar vor. Er legte sich neben sie und strich über ihre Haut, die warm und tröstlich war. Und dennoch hatte diese Wärme etwas Flüchtiges, als gehöre sie nicht ganz zu ihr und fliehe von jeder Stelle, die seine Hände berührten. Er streichelte sie nachdrücklicher. Sie ließ es geschehen, gab sich aber nicht vollkommen hin. Ihr Körper war von einer anderen Regung erfasst, die nicht ganz mit seinen Liebkosungen übereinstimmte, die eine eigene Richtung nahm und ihn mit heimlicher Ungeduld drängte. Sie hob ihre Beine, ihre langen Beine, und streckte sie ihm gespreizt entgegen. Ihre

Knie strichen über seine Stirn und öffneten sich, doch er begriff nicht, was sie von ihm wollte, bis sie sein Gesicht mit den Händen an sich drückte. Er ließ es geschehen, seine Lippen berührten ihr feuchtes Schamhaar, und ein Geruch stieg ihm in die Nase, nicht der Geruch nach weiblichem Geschlecht, sondern nach toten Blättern, der ferne, beinahe vergessene Geruch im Fluss treibender Blätter unter der Brücke, wo sein Vater ihm das Schwimmen beigebracht hatte. Bedächtig stieß sein Mund tiefer vor, und ihre Beine spreizten sich in einem willigen, gierigen Einverständnis. *Tauch mit dem Kopf unter, tauch unter,* sagte sein Vater fröhlich. Seine Zunge glitt immer tiefer und alles gab nach. *Siehst du, wie leicht es ist,* rief sein Vater ihm von der Brücke aus lachend zu. Wirklich sein Vater, so jung, oder war es vielleicht doch Bergé? Es war so dunkel, es war unglaublich dunkel, und trotzdem drang er immer weiter, immer tiefer vor. Es war leicht, ja, es war wirklich leicht, schon lange war nichts mehr so leicht gewesen.

PORTRÄT EINES FISCHHALTERS

Ja, so war es: Das erste Fischchen habe ich ihm geschenkt. Ich habe es in der Arche Noah gekauft, damals die einzige Zoohandlung der Stadt. Ich hätte ihm gern einen größeren geschenkt, einen tropischen Fisch mit buntem Schwanz, der von den anderen getrennt allein in einem Aquarium schwamm. Aber mein Mann hatte mir nicht viel Geld mitgegeben und ich wollte das Aquarium gleich mitkaufen.

Schließlich entschied ich mich für einen Lebistes. »Lebistes reticulatus«, sagte der Verkäufer, aber man hätte ihn auch für einen banalen flaschengrünen Flussfisch halten können, weshalb ich noch eine ganze Tüte farbiger Steine mitnahm, damit wenigstens das Aquarium hübsch aussah. Wir haben ihm das Paket neben sein Bett gestellt, mein Mann hat ein Foto davon gemacht. Es war sein elfter Geburtstag, aber man hätte ihn auf weniger geschätzt. Er wirkte immer jünger, als er war, neben seinen Klassenkameraden machte er einen eher schmächtigen Eindruck. Den ganzen Tag saß er vor seinem Aquarium und betrachtete sein Fischchen. Er wollte es ununterbrochen füttern, aber der Verkäufer hatte mir erklärt, dass man das nicht darf, weil das Wasser sonst trüb wird. Später haben wir ihm das Handbuch des Fischzüchters geschenkt, denn die Haltung von Fischen ist wirklich eine Wissenschaft für sich. Das Wasser muss eine ganz bestimmte Temperatur haben, dann muss man auf Chlor und schwimmende Nahrungspartikel achten. Etliches gab es zu berücksichtigen. Aber ich half ihm gern, wir gingen zusammen in die Bibliothek, um Bücher über Fische zu suchen, und zu seinem zwölften Geburtstag habe ich ihm eine importierte Speziallampe geschenkt, die er sich schon das ganze Jahr über gewünscht hatte. Er besaß inzwischen eine Menge Fische, alle Lebistes, und zwei weitere Aquarien, die er selbst aus den Scheiben eines Fensters gebaut hatte, das Arturo mit dem Fußball zerschlagen hatte. Er konnte nicht mit den anderen Fußball spielen. Wegen seines Asthmas. Oft hustete er die ganze Nacht, als würde ihm die Brust zerspringen, dann konnte er kein Auge zumachen. Sein Husten hat mich schon immer ziemlich mitgenommen. Er war so dünn, ein so schwächlicher Junge, dieser kräftige Husten schien gar nicht aus ihm zu kommen. Ich schob ihm noch ein Kissen unter, damit er höher lag, aber liegend wurde es einfach nicht besser. Also stand er auf, setzte sich mit seinem Asthmaspray vor die Aquarien und schaute die ganze Nacht seinen Fischen zu. Bevor ich wieder ins Bett ging, gab ich ihm noch einmal Hustensaft, dann blieb er still und mit erschöpftem Atem vor den Aquarien sitzen.

Den schlimmsten Anfall hatte er beim Militärdienst. Er weigerte sich, zur Messe zu gehen, und musste deshalb im Freien schlafen. Danach wurde er ins Militärkrankenhaus eingeliefert, einen ganzen Monat behielt man ihn dort. Während dieser Zeit habe ich mich um die Fische gekümmert. Ich mochte sie. Meine Schwiegertochter dagegen hat sich darüber immer mit ihm gestritten. Sonst kann ich nichts gegen sie sagen, sie stand ihm stets zur Seite, wie es sich gehört, in guten wie in schlechten Zeiten; und schlechte Zeiten kannten sie zur Genüge, denn was die Politik betraf, hatte er seine eigenen Ideen. Aber die Fische ertrug sie nicht. Na schön, vielleicht gibt sie das jetzt nicht so zu.

»Bring sie mir«, habe ich ihm wieder und wieder gesagt, aber er dachte, mit der Zeit würde sie sich schon daran gewöhnen. Und Zeit verging, über vierzig Jahre. Er wollte Lebistes mit blauem Schwanz züchten, das hatte er sich schon als Junge in den Kopf gesetzt. Solche Lebistes gab es offenbar nicht, denn als mein Mann und ich einmal in Buenos Aires waren, haben wir mehrere Aquarien angeschaut, aber nur ein paar gefleckte gesehen. Doch er war nicht davon abzubringen. Als sie im Gymnasium das mit den Mutationen durchnahmen, war er so aufgeregt, wie ich ihn noch nie gesehen hatte, er begann komplizierte Bücher zu lesen, die ihm sein Lehrer geliehen hatte, und es wurde langsam zu viel für meinen armen Kopf. Er versuchte es mir trotzdem zu erklären, zeigte mir die Abbildungen und rief mich immer wieder, um mich durch sein Mikroskop schauen zu lassen. Er war ein guter Junge, und das ist er auch geblieben. Meine anderen Kinder auch, doch, doch, ich kann mich nicht beklagen. Arturo nimmt mich in die Ferien mit und Gracielita leistet mir fast jeden Nachmittag Gesellschaft. Aber er war anders. Die Menschen verändern sich, verändern sich sehr. Er nicht, es war immer klar, dass er bleiben würde, wie er war.

Wenn man von draußen hereinkam, war es das Erste, was man beim Öffnen der Tür roch. Es schien aus allen Aquarien zugleich aufzusteigen, aus dem von den Fischen aufgewühlten Grund, und es nützte gar nichts, die Luft anzuhalten, weil der Geruch sich wie ein Löffel voll zähflüssiger Masse in den Mund drückte, bereits an Kleidung und Haaren haftete. Trotzdem gewöhnte man sich mit der Zeit daran und konnte langsam wieder ohne Argwohn atmen. Es hat mich immer überrascht, dass man irgendwann doch einfach wieder frei atmen, in die Küche gehen und etwas essen konnte, obwohl dieser Geruch immer noch da war, alles durchdrang.

Als Kind war es mir nie aufgefallen, vielleicht weil Kinder Gerüche ebenso anders wahrnehmen wie Größenverhältnisse. Wir hatten sogar ein Spiel: Er stand aus dem Sessel auf, rieb sich die Hände und verkündete, er werde die eklige Mixtur für die Fische zubereiten. »Oh nein, großer Zauberer«, schrie meine Schwester. Aber unerbittlich ging er in die Küche, riss den Kühlschrank auf und holte lachend die triefende Leber, die Eierpaste und die geheimnisvollen Tütchen heraus, die er im Gefrierfach aufhob. »Gnade, mächtiger Zauberer«, riefen wir ihm auf Knien zu, während er den Topf auf den Herd stellte. Und wenn der Dampf aufzusteigen begann, liefen wir alle mit zugehaltener Nase nach draußen und sahen von Weitem zu, wie er den Deckel lüpfte, daran roch und verzückt »*Spuzza*« sagte.

Doch ich glaube, dass ich damals nur mit meiner Schwester schrie und fortlief, um nicht außen vor zu bleiben. Nicht einmal der Gestank des Topfes existierte wirklich für mich. Erst als ich schon in der Schule war, wurde mir vieles langsam klar. Eines Tages kam mein Sitznachbar mit zu mir, um Hausaufgaben zu machen. Kaum waren wir durch die Haustür getreten, ahnte ich, dass etwas schiefgehen würde, weil er die Aquarien im Gang so komisch ansah. Er schien sich nicht besonders wohlzufühlen, und als wir in die Küche gingen und uns an den Tisch setzten, sagte er, ohne sein Heft aufzuschlagen: »Mann, bei dir stinkt es aber.«

Ein guter, eher stiller Schüler. Ich habe ihm zum Biologiestudium geraten, später hörte ich, dass er an der Fachhochschule unterrichtete, aber ich nehme an, dort wurde er hinausgeworfen, als die Militärs wieder an die Macht kamen. Er war damals schon leicht links, engagierte sich in diesen Komitees, die sich für die Wiederaufnahme der Studentenaktivitäten einsetzten, tja, ich dachte, er käme mit der Zeit davon ab. Von den Fischen erfuhr ich in der Unterrichtsstunde über Darwin. Ich hatte ihnen die Giraffen als Beispiel gegeben und erklärte ihnen, wie die natürliche Auslese infolge der klimatischen Bedingungen bei Viehherden funktioniert. Ich arbeite immer mit diesen beiden Beispielen, sie sind am anschaulichsten für die Schüler. Ich wollte gerade die Zeichnungen an die Tafel malen, als ich ihn aufstehen sah; er war klein und setzte sich immer in eine der ersten Reihen, und da erhob er sich also etwas nervös, als könne er nicht mehr an sich halten, und sagte: »Aber dann könnte man ja auch Lebistes reticulatus mit blauen Schwänzen züchten, Herr Lehrer.« Erst dachte ich, er mache einen Scherz, der Stoff eignete sich ja für eine gewisse Art von Witzen. Offen gestanden kannte ich diese Fische gar nicht, meine Spezialität sind Käfer. Ich bat ihn, die Frage zu wiederholen, aber er setzte sich wieder hin und sagte, er wolle sie noch einmal überdenken. Ich vermute, seine Mitschüler sollten nicht erfahren, dass er Fische züchtete.

Als es läutete, rief ich ihn zu mir, und da erzählte er mir alles. Ehrlich gesagt nahm ich ihn nicht besonders ernst. Aber ich half ihm, das ja: Ich empfahl ihm einige Bücher, zeigte ihm das Farbspektrum und erklärte ihm, über welche Farben er zum Blau gelangen könnte. Allerdings versprach ich mir nicht viel davon, man weiß ja, wie sprunghaft Jungen in dem Alter sind, ihre Hormone spielen verrückt, und kommt ihnen ein knackiger Hintern in die Quere, lassen sie alles stehen und liegen.

Jahrelang hatte ich nachts Angst vor den Aquarien. Wenn alles still wurde, hörte ich vom Bett aus, wie das Raunen aufstieg und durch das ganze Haus rumorte wie ein Ruf aus einer anderen Welt. ›Das sind die Wasserwärmer, es sind die Wasserwärmer‹, sagte ich mir immer wieder, aber das Raunen wurde immer lauter, bis mir doch Zweifel kamen, und wenn ich auf die Toilette musste, rannte ich an den Aquarien vorbei, ohne sie anzuschauen. Eines Nachts war er auch gerade wach und stellte einen der Wasserwärmer ab, damit ich mich selbst überzeugte.

Dann nahm er mich heimlich ins Laboratorium mit. Meine Mutter ließ mich eigentlich nicht hinein, wegen der vielen Kabel, sagte sie. Er blieb vor einem riesigen Aquarium stehen, in dem ein einziger kleiner Fisch schwamm, und hielt die Lupe gegen das Glas. Der Fisch war gerade erst auf die Welt gekommen.

»Ist er blau?«, fragte er mich. »Ist er blau oder nur bläulich?«

»Ihr bleibt hier«, hieß es, als es an der Haustür klingelte. Dann wurden wir in die Bibliothek gerufen, um Guten Tag zu sagen. Der Mann gab meiner Schwester einen Kuss auf die Wange und hielt mir die Hand hin. »Wisst ihr, wer das ist?«, fragte meine Mutter. Meine Schwester sagte: »Der Mann, der an die Wand gemalt hat.« Alle lachten.

»Tja, jetzt bin ich wieder draußen«, sagte der Mann. Ich sah ihn noch einmal genauer an. Ich glaube, ich suchte nach irgendeinem Hinweis auf die Gitterstäbe, nach irgendeinem Merkmal, aber da war nur ein lächelnder großer Mann in einer grauen Pilotenjacke. Bevor er ging, wollte er die Fische sehen. Wir folgten ihnen. Er erklärte ihm die Sache mit den Mutationen. »Im Grunde«, sagte er, »sind das Bruchstellen innerhalb einer Spezies, Qualitätssprünge«, und da erwähnten beide das Wort »Dialektik«, das ich damals zum ersten Mal hörte. Als der Mann später wieder seine Aktentasche nahm, sah er uns beide an und fragte, ob wir schon von der Revolution gehört hätten. »Ich ja«, sagte meine Schwester, und der Mann lächelte.

Ja, ich gebe es zu, ich mochte die Fische nicht. Sie sehen immer alles nur von einer Seite. Ich fand es anrührend, als ich hörte, dass er Fische züchtete; und gegen ein paar Fische in einem Aquarium ist ja auch nichts zu sagen. ›Ein hübsches Aquarium kann eine Zierde fürs Wohnzimmer sein‹, dachte ich. Aber was er tat, war einfach nicht mehr zivilisiert. Nie konnte ich eine Freundin auch nur zum Tee einladen, so penetrant war der Geruch im Haus. Und wie das Wasser auf den Boden schwappte, wenn er den Standort der Aquarien wechselte, und dabei sagte ich es ihm klipp und klar, es war vielleicht nur Wasser, aber das gab trotzdem Flecken auf den Böden. Oder wenn er seine komische Melasse kochte. Ich bin absolut allergisch dagegen, wenn jemand meine Küche in Besitz nimmt, und erst recht, ohne danach sauber zu machen. Es war ein jahrelanger Kampf, ihn dazu zu bringen, seinen Dreck wieder wegzuwischen. Irgendwann fing er tatsächlich damit an, aber wie! Ich musste alle Töpfe, jeden einzelnen Tiegel nachspülen.

Und immer war ich diejenige, die nachgab. Er hatte unser Haus als Forschungszentrum angemeldet, um wissenschaftliche Veröffentlichungen aus dem Ausland umsonst zugeschickt zu bekommen. In Wirklichkeit lebten wir in einem Fish-Research-Documental-Center. Aber das Schlimmste ist, dass es funktionierte. Jeden Tag brachte der Briefträger Stapel von Umschlägen an. Aus Deutschland, aus den USA, aus Japan, ich hatte einen ungeheuer internationalen Mann. Briefe, haufenweise Briefe von anderen Verrückten, Zeitschriften, Broschüren, Broschürchen. Kurz, Papier und immer noch mehr Papier. *Und irgendwo muss das ganze Papier ja hin.* Das versuchte ich ihm klarzumachen. Sessel sind zum Hinsetzen da. Er solle wenigstens an sein Asthma denken, wie viel Staub dieser Papierberg erzeugte. Denn wegwerfen durfte man natürlich nichts. Und was das Laboratorium betraf, lenkte ich auch ein, denn als wir das Haus renovierten, hätte ich es mir eigentlich sehr schön vorgestellt, die Nähmaschine in diesen Raum zu stellen und mir eine Art Handarbeitszimmer einzurichten.

Aber was soll es, jeder Punkt für sich ist lachhaft, und da er sie nun einmal vierzig Jahre lang gezüchtet hat, wird sich alles, was ich sage, kleinlich anhören.

Das zweite Mal betrat ich das Laboratorium, als sie die Bombe bei uns legten.

Ein paar Tage zuvor waren auf unsere Hauswand drei große schwarze A gemalt worden. An jenem Nachmittag half ihm meine Mutter nach dem Mittagessen, alle Aquarien ins Laboratorium zu tragen. Dann rückten wir unsere Betten nach hinten. Ich musste in der Küche schlafen. In der Nacht der Bombe wachte ich nicht von der Explosion auf, sondern von den Schreien meiner Schwester. Ich stand auf und öffnete vorsichtig die Tür zur Bibliothek. Meine Schwester rannte im Kreis herum und stieß dabei gegen die Möbel. »Sie haben mich umgebracht«, schrie sie, »ich spüre meine Arme nicht mehr, ich spüre meine Beine nicht mehr.« Das Fenster war zerborsten, die Lampe war heruntergefallen, überall lagen Splitter. Meine Mutter versuchte, meine Schwester festzuhalten, aber sie schien niemanden zu sehen. Er stand wie gelähmt in seinem Pyjama da. Ich merkte, dass auch er Angst hatte. Meine Mutter rief ihm den Namen von irgendwelchen Tabletten zu. Wie ein Schlafwandler ging er zum Apothekerschränkchen, und als er mit der Schachtel zurückkam, trug ihm meine Mutter auf, mich wieder ins Bett zu bringen. Er nahm mich an der Hand und marschierte mit mir in Richtung Innenhof. Wir gingen ins Laboratorium. Unter der Tür stand Wasser, und als er das Licht anzündete, sahen wir das zerbrochene Aquarium. Die Fische lagen in einer Pfütze auf dem Boden, sie regten sich kaum noch. Er kniete sich zwischen die Scherben und hob einen nach dem anderen in ein Gefäß mit Wasser, wo die Fische auf wundersame Weise wiederauflebten. Ich kniete mich neben ihn, um ihm zu helfen, und griff nach einem kleinen Fisch. Doch in meiner Hand fing der Fisch so zu zappeln an, dass er mir entglitt, in den Abfluss fiel und fortgespült wurde. Ich brach in Tränen aus, und ich weiß noch, dass er, obwohl er uns sonst nie berührte, den Arm um mich legte und sagte, ich solle nicht traurig sein, der Fisch würde direkt ins Meer schwimmen. Aber das brachte mich nur noch mehr zum Weinen, weil ich wusste, dass es nicht stimmte, er selbst hatte mir einmal erklärt, dass Süßwasserfische im Meer sterben. »Sie kommen nicht einmal bis zum Meer«, hatte er gesagt, »vorher bringt die Lauge in den Kanalisationsröhren sie um.«

Während meine Schwester in der Klinik war, saß er stundenlang im Sessel in der Bibliothek. »Sag ihm, er soll das Aquarium reparieren«, beauftragte mich meine Mutter eines Tages. Wir gingen in den Hof, um Glas zuzuschneiden. Immer wieder zeigte er auf den Werkzeugkasten und sagte, ohne den Satz zu beenden: »Gib mir den ...« Ich deutete dann auf die Spachtel oder den Leim, und er schüttelte den Kopf. »Das Dingsda«, sagte er schließlich, als fände er die Wörter nicht, und ich legte den Zeigefinger auf alle Werkzeuge, bis er schließlich nickte. Und genauso beim Essen, vom Tischende aus machte er eine vage Geste und verlangte nach dem Dingsda. Meine Mutter und ich hielten ihm nacheinander Brot, Wein oder Salz hin, bis er nickte und wir alle schweigend weiteraßen.

Die darauffolgenden Jahre – meine Oberstufenjahre – sind in meiner Erinnerung alle gleich: Ich öffnete die Tür, der faulige Geruch der Aquarien stieg mir in die Nase, und ich wusste, dass meine Mutter in der Küche war und meine Schwester sich in ihr Zimmer eingesperrt hatte, wo sie schlief oder weinte, und dass ich, wenn ich in den Hof hinausschaute, hinter der geschliffenen Glastür des Laboratoriums den Schatten seines Kopfes sehen würde. Für die Siestazeit suchte ich mir irgendein Buch aus und leistete ihm in der Bibliothek Gesellschaft. Er setzte sich auf den Sessel wie früher, mit dem Stapel von Publikationen, die er zugeschickt bekam, doch kaum fiel ein Sonnenstrahl durchs Fenster, schlief er ein, die aufgeschlagene Zeitschrift auf der Brust. Zu dieser Zeit konnte er nachts schon nicht mehr schlafen; seine Anfälle wurden immer schlimmer, und selbst tagsüber sank er manchmal mit blau angelaufenem Gesicht auf einen Stuhl, rang mit jedem Atemzug konzentriert um Sauerstoff, bis meine Mutter ihm das Kortison spritzte.

Dann hoben wir ihn zu zweit hoch und setzten ihn vor die Aquarien, wo er still sitzen blieb und sein Atem sich langsam wieder beruhigte.

»Ich nehme dich mit«, sagte mein Onkel einmal zu mir. Mein Onkel hatte einen zweitürigen Chevrolet Caprice, so ein Auto gab es sonst in der ganzen Stadt nicht. Die Fenster schlossen sich auf Knopfdruck, und der Wagen setzte sich kraftvoll und leise auf der breiten Straße in Bewegung. Ich fragte mich, wie er um die Kurven der engen Gassen unseres Viertels kommen würde.

»Und wie geht es deinem Vater?«, fragte er, »was macht sein Asthma?« Beiläufig lenkte er den Wagen, der ganz von allein zu fahren schien. »Weißt du«, fuhr er fort, »wenn der Arzt früher zu ihm kam, sagte er immer: ›Dieses Asthma geht mit achtzehn vorbei.‹ Aber wie du siehst, hat er es immer noch. Und weißt du warum?« Ich verneinte. »Weil er nie achtzehn geworden ist.«

Schweigend fuhren wir weiter bis an unsere Straßenecke.

»Und sag«, fragte er noch, während er am Randstein bremste, eine Hand auf dem Lenker, »hat er immer noch diese blödsinnigen Fische im Kopf?«

Er hat mir nie geschrieben, nachdem ich zum Studium nach Buenos Aires gegangen war. *Du weißt doch, wie er ist,* stand in den Briefen meiner Mutter, *trotzdem ist mir klar, dass das seltsam für dich ist; jetzt hat er niemanden mehr, mit dem er über Bücher und Politik reden kann. Ich nehme an, er spielt mit dem Gedanken, ein Aquarium in deinem Zimmer einzurichten, aber das werde ich ihm nicht erlauben. Ich möchte, dass bei deiner Rückkehr alles genau so ist wie vorher.*

Seine Lunge macht ihm zu schaffen, schrieb sie mir später, *aber etwas anderes sorgt mich noch mehr: stundenlang starrt er seine Fische an.* Ich erinnere mich noch, dass ich ihr antwortete, solange ich denken könne, sei dies seine Hauptbeschäftigung gewesen. *Das weiß ich, und besser als du, Scherzkeks,* antwortete sie. *Aber er sieht sie jetzt anders an. Ich weiß nicht, dein Vater macht mir Sorgen, aber natürlich werden wir nie erfahren, was mit ihm los ist.*

Nach den ersten Prüfungen fuhr ich für die Winterferien nach Hause. Ich traf nach dem Mittagessen ein, und um sie zu überraschen, sperrte ich mit meinem Schlüssel auf. Es kam mir vor, als hätte ich mich im Haus geirrt: Da war kein Geruch, absolut kein Geruch. Im Flur standen die zwei Reihen Aquarien, aber sie waren leer. Ich ging in die Küche und umarmte meine Mutter, die gerade beim Abwaschen war. Dort befanden sich auch die übrigen Aquarien, alle leer. »Aber wie ist es passiert, wie hat er es gemacht?«, fragte ich. »Keine Ahnung wie«, sagte sie, »ist ja auch egal, er wird sie ins Klo geschüttet haben. Weck ihn jetzt auf.«

Er schlief in seinem Sessel in der Bibliothek, das Gesicht in der Sonne, mit fliegendem Atem. Als ich ihn berührte, schlug er die Augen auf, seine Lider waren angeschwollen vom Kortison. Er fragte mich nach den Prüfungen, ob ich ins Theater gegangen sei und wie es um die Politik in der Hauptstadt stehe. Er hustete, wie wenn er sich zu sehr anstrengte. Ich reichte ihm das Spray. »Und wie geht es dir?«, fragte ich ihn. »Gut, gut«, sagte er, »ziemlich schwach im Getriebe, wie immer eben.« Das sagte er, nachdem er alle seine Fische getötet hatte.

DÉJÀ-VU ODER DAS KÖNIGREICH DER HORIZONTALE

Ich komme nach Hause, und sie sind alle da: Meine Mutter öffnet mir die Tür, meine Schwestern kommen, noch etwas schlaftrunken, aus ihren Zimmern, um mich zu begrüßen, mein kleiner Bruder zieht sich hinten langsam an. Ich frage nach meinem Vater.

»Er hat eine schlimme Nacht hinter sich«, sagt meine Mutter. »Wieder ein Asthma-Anfall. Er musste im Sessel schlafen.«

Ich gehe durch den langen tunnelartigen Flur in die dämmrige Bibliothek und ziehe die Rollläden hoch. Mein Vater sitzt im Bademantel in seinem Sessel, den Kopf zurückgelegt. Aus seinem halb offenen Mund kommt ein krampfartiges Schnarchen, und ein glänzendes Speichelrinnsal läuft auf einer Seite bis zum Kinn hinab. Er schlägt die Lider mit einem wässrigen, orientierungslosen Blick auf, dann sieht er mich vor sich stehen, wischt sich beschämt mit dem Handrücken den Mundwinkel ab und macht eine sarkastische Bemerkung, um seine Geistesgegenwart zu beweisen. Er erhebt sich ohne Hilfe, und wir versammeln uns alle in der Küche zum Frühstück. Sie erkundigen sich, wie die Reise war und wie es um meine Doktorarbeit steht. Wir bemühen uns angestrengt, nicht wahrzunehmen, wie sehr wir uns verändert haben, und greifen auf die alten Gesprächsmechanismen zurück, damit alles so scheint wie früher. Irgendwann frage ich nach meiner Großmutter.

»Du solltest sie besuchen, in den ganzen neun Jahren warst du nicht einmal in der Klinik«, sagt meine Mutter, fügt aber gleich hinzu: »Obwohl, wozu auch, sie ist unverändert.«

»Nein, unverändert nicht«, wendet eine meiner Schwestern ein. »Eines Tages hat sie angefangen zu singen, mit geschlossenen Augen. Russische Lieder aus ihrer Kindheit.«

»Aber sie konnte doch gar kein Russisch«, sage ich verwundert.

»Sie hatte es vergessen«, sagt meine Mutter. »Aber der Arzt hat uns erklärt, dass so etwas vorkommt; eine Rückkehr in die Kindheit. Reminiszenzen nennen sie das.«

»Das berühmte Déjà-vu«, wirft mein Vater zusammenhanglos ein. »Wenn man bedenkt, dass die Pythagoreer und später Sokrates auf dem Déjà-vu ihre Hoffnung auf frühere Leben und mutatis mutandis auf mögliche zukünftige Leben begründeten. Die Armen! Das Déjà-vu ist doch nichts als das krätzige Alter. Man muss nur lang genug leben, und irgendwann kommen einem alle Gesichter bekannt vor, ist man in jedem letzten Loch gewesen und wird bei jedem Buch, das man aufschlägt, wie unser geschätzter Roberto Godofredo Arlt sagen: ›Das habe ich schon gelesen, das habe ich schon gelesen.‹«

»Und singt sie immer noch?«, frage ich.

»Nein«, sagt meine Schwester, »inzwischen wiederholt sie nur immer dasselbe Wort, aber so leise, dass es niemand versteht.«

Mein Bruder tupft abwesend mit einem Finger Krümel von der Tischdecke.

»Heute Nachmittag gehe ich sie besuchen«, sage ich.

Es ist Sommer, und ich begebe mich zur gleißenden Siestastunde auf die Straße. Die Gehsteige sind menschenleer und ich höre meine Schritte hallen, als stammten sie von einem anderen, meine Füße erinnern sich von selbst an den Weg und bewegen sich gehorsam vorwärts. Ich komme an der imposanten Fassade des Hauses vorbei, in dem meine Großmutter einmal gewohnt hat. Es ist vor Jahren verkauft worden, um den Klinikaufenthalt zu bezahlen, aber die neuen Besitzer haben nichts daran verändert, sie haben die Hauswand sogar wieder im gleichen kreidefarbenen Ton streichen lassen. Nicht viel weiter befindet sich die Klinik, in einer versteckten ruhigen Seitenstraße. Es ist ein altes Steinhaus mit einer mächtig hohen Holztür, an der es keine Klingel, dafür aber einen kleinen goldenen Türklopfer gibt. Mir öffnet eine stämmige Matrone mit einem leichten Damenbart, einer breitrandigen schwarzen Brille und einem himmelblauen Kittel. Als ich den Namen meiner Großmutter nenne, führt sie mich durch einen Korridor, dessen ausgetretene Dielen Laugenflecken haben. »Sie bekommt gerade das Bett gemacht«, sagt sie, wie um jeder Beschwerde vorzubeugen, und öffnet die Tür zu einem großen quadratischen Zimmer ohne Fenster.

Ich bleibe einen Augenblick neben dem einzigen Stuhl stehen. Unter dem Kruzifix liegt in dem riesigen Bett mit den bronzenen Gitterstangen, beinahe ganz vom Laken verdeckt, das kleine Etwas, das einmal meine Großmutter war. Im Schein des Oberlichts mache ich ihre Stirn aus, die fleckigen Falten, das spärliche an den Schläfen klebende Haar und ihre vom Schlaf schlaffen Wangen, die an einen grausam zerknitterten Säugling denken lassen. Das alte Grauen steigt in mir auf, mit dem ich sie in meiner Kindheit beobachtete, als ich zum ersten Mal von den Erbgesetzen und der Generationen überspringenden genetischen Übertragung von Großeltern auf Enkel hörte. Da geht die Tür hinter mir auf, und eine noch junge Frau mit aufrechtem Gang kommt herein, die unter ihrem dünnen Kittel offenbar nichts anhat. Auf beiden Händen trägt sie ein paar weißer Laken vor sich her und legt sie am Fußende ab. Als sie sich zu mir umdreht, strafft sie mit einem ungenierten Lächeln die Schultern, und unter ihrem Kittel zeichnen sich die Körbchen eines schwarzen Büstenhalters ab. Mein Blick wandert nach oben und trifft auf ihr jetzt noch breiteres Lächeln.

»Sag gar nichts, ihr seht doch alle gleich aus: die gleiche Stirn, helle Augen. Alles identisch.«

Sie tritt heran, als wolle sie mich aus der Nähe studieren, und ich sehe zwischen den Knöpfen ihres Kittels die Haut durchscheinen.

»Du bist der Bruder, der im Ausland war, stimmt's?«

Ich bejahe.

»Was hast du noch studiert?«

»Mathematik. Logik.«

»Ist das so etwas wie ... Philosophie?«, fragt sie zerstreut, während sie mit einer schnellen Bewegung das Laken von meiner Großmutter zieht.

»Wie Philosophie, ja«, gestehe ich ihr zu.

»Ich tauge nicht für so komplizierte Sachen, ich muss mit beiden Beinen auf der Erde stehen. Und jetzt muss ich die Laken wechseln. Hilfst du mir, unser Baby auf den Stuhl zu setzen?«

Wir postieren uns zu beiden Seiten des Bettes. »Eine Sänfte«, sagt sie, und als sie sich vorbeugt, um ihre Arme unter den ausgemergelten Körper zu schieben, quellen ihre großen Brüste beinahe aus ihrem Ausschnitt hervor. Ich strecke ebenfalls die Arme aus und berühre ihre warmen, etwas rauen Hände. Meine Großmutter jammert im Traum, als wir sie hochheben, und murmelt etwas vor sich hin, als hätten wir einen fehlerhaften Mechanismus wieder in Gang gesetzt. Sie ist leicht wie ein Vogel, und nur noch das geblümte Nachthemd gibt einen Hinweis auf ihr Geschlecht.

Wir setzen sie vorsichtig auf dem Stuhl ab und blicken noch einen Moment auf ihre Lippen, die sich in einem beharrlichen, beinahe unhörbaren Seufzen bewegen.

»Was sie wohl sagt?«, bemerke ich. »Hört sie auch irgendwann damit auf?«

Die Frau senkt ihren Kopf zum Gesicht meiner Großmutter und legt ihr einen Finger auf die Lippen.

»Schsch!« Ich erschrecke bei dem lauten Zischen, aber meine Großmutter verstummt wundersamerweise, wie ein Wasserhahn, der plötzlich zu tropfen aufhört, und die Frau lächelt stolz: »Hier wissen alle, dass sie mir zu gehorchen haben«, sagt sie und hebt die Arme, um ihr Haar mit einem Gummi zusammenzubinden.

Sie dreht das Bett auf dem kleinen freien Raum neben mir, und als sie sich vorbeugt, um das untere Laken wegzuziehen, stößt sie mit dem Hintern gegen mich. In einer Ecke der abgezogenen Matratze entdecke ich ein mir vertrautes Etikett. Ich sehe es mir aus der Nähe an, wobei sie mich neugierig beobachtet.

»Es ist eine Matratze aus der Fabrik meines Großvaters«, sage ich, immer noch verwundert, und blicke erneut auf die Krone mit den fünf Punkten, als handle es sich um ein Zeichen, das mir etwas ganz Entscheidendes offenbaren könnte. »Die ganze Stadt hat einmal auf seinen Matratzen geschlafen. Er nannte sich selbst den König der Horizontale.«

Die Frau kommt heran und beugt sich neben mir über das Etikett. Unsere Gesichter sind sich nun so nah, dass ihr Atem mich streift. Über ihren Lippen sammeln sich kleine Schweißperlen. Ihr Knie berührt mein Bein.

»Der König der Horizontale, na sieh mal einer an.« Sie nimmt ihr Knie nicht weg, sondern streift damit über mein Bein. »Und welche Position gefällt seinem Enkel?«

Wir küssen uns. Ihr große Zunge hat etwas betörend weiches und schiebt sich unumwunden bis in meinen

Rachen. Meine Hände gleiten unter ihren Kittel und heben eine schwere, dunkle Brust aus dem Körbchen. Ihre Hände haben bereits meinen Hosenschlitz geöffnet und nesteln jetzt an meinem Gürtel. Sie kauert sich vor mich und zieht mir die Hose bis zu den Knöcheln herunter. Sie sieht zu mir hoch, umgreift mein Glied mit der Hand und leckt an seiner Seite entlang, ohne mich aus den Augen zu lassen. Als sie an der Spitze angelangt, betrachtet sie einen Moment die Eichel, wölbt dann ihre Lippen darüber und befeuchtet sie mit dem Speichel ihrer Zunge.

»Wegen der Mikroben, du weißt schon«, sagt sie. Ein durchsichtiger Faden verbindet ihre Lippen mit meinem Glied. Sie streicht eine Haarsträhne fort, nimmt es ganz in den Mund und bewegt sich rhythmisch vor und zurück. Plötzlich hält sie mit einem letzten befriedigten Saugen inne.

»Jetzt gehe ich auf alle viere und du nimmst mich von hinten, o.k.?«

Sie steht auf, ihre Hände gleiten unter ihren Kittel und streifen mit einem Schlenkern ihrer Schenkel ihr Höschen ab. Ihre gespreizten Knie stützen sich auf der Matratze ab, die Arme streckt sie nach vorne aus. Sie schiebt mir mit durchgewölbtem Rücken ihre Hüften entgegen, schaut zwischen den Beinen hindurch zu mir und rafft ihren Kittel bis in die Taille. Doch als ich ihre rote Einkerbung so unglaublich nah und präzise vor mir habe, überkommt mich ein schwindelerregendes, glasklares, unmögliches Déjà-vu. Irgendetwas ist hier ganz und gar nicht richtig, nie zuvor habe ich so fleischrote, geöffnete Schamlippen gesehen. Verunsichert drehe ich mich zu dem Stuhl um, auf dem meine Großmutter sitzen sollte.

»Na komm schon, kleiner Philosoph, konzentrier dich auf die Öffnung«, höre ich es von weit her.

Doch da merke ich, dass nicht ich dort auf der Matratze bin, ich sehe verschwommen das Untier mit den zwei

Rücken hin und her schlingern und kann nur reglos auf meinem Stuhl sitzen. Und langsam erinnere ich mich auch, natürlich, sie sind alle tot. Mein Vater, meine Mutter, meine Schwestern, alle in der Horizontale, auch wenn ich gerade erst das Haus verlassen habe. Aber wer ist mich dann besuchen gekommen? Habe ich vielleicht Kinder und Enkelkinder? Ich spüre, wie etwas aus meinem Mundwinkel läuft, flüssig und unaufhaltsam, und verschwommen kommt mir in den Sinn, was mein Vater mir heute morgen sagte: Ich sabbere, also bin ich.

DAS GEHEIMNIS

»Ich will nicht mehr spielen«, sage ich zu meinem Bruder, »ich gehe Papas Fotos anschauen.« Mein Bruder kommt langsam näher, wortlos tippt er den Ball auf. Ich weiß nie, wann er mich schlagen wird. »Weichei«, schreit er mich an und tritt den Ball gegen die Wand.

Ich gehe in Mamas Zimmer. In Pantoffeln. Um in Mamas Zimmer zu gehen, muss man Pantoffeln anziehen. Ich steige auf einen Stuhl, hole das Fotoalbum aus dem Schrank und gehe damit ins Wohnzimmer. Im Wohnzimmer ist der Heizofen eingeschaltet. Ich höre den Ball gegen die Garagenwand knallen. Mein Bruder will die Fotos nie anschauen.

Ich schlage das Album auf dem Teppich auf und fange von vorne an. Mein Papa als kleiner Junge in kurzen Hosen, meinem Bruder zum Verwechseln ähnlich. Mein Papa mit meinem Großvater am Strand, mit der Hand hält er einen Krebs hoch. Mein Papa in der Oberstufe mit der Fußballmannschaft der Schule. Mein Papa bei einem Picknick am Schülertag, mit dem ganzen Team. Ich zähle die Köpfe, es sind achtunddreißig, und alle haben meinen Papa gekannt. Mein Papa am Ball, der Torkönig der Schülerliga. Mein Papa in Anzug und Krawatte, als er sein Abschlusszeugnis in Empfang nimmt. Mein Papa auf einer

Brücke, ein Mädchen mit langen Haaren umarmend, das meine Mama sein muss. Ich überspringe die Fotos von der Hochzeit, Hochzeitsfotos sind wahnsinnig langweilig. Dann kommt mein Papa mit Bart, wie er Mamas dicken Bauch misst. Dann kommt Laura. Mein Papa mit Laura auf dem Arm. Mein Papa, der sie füttert. Mama wieder schwanger. Ein Foto aus dem Krankenhaus: Mein Papa und Laura neben dem Bett stehend, in dem Mama liegt, die neugeborenen Zwillingsmädchen links und rechts neben sich. Damit fangen die Fotos von den Zwillingen an.

Die Garagenwand dröhnt immer noch. Mein Bruder kann den Ball stundenlang dagegentreten. Eine gute Nummer zehn muss mit beiden Beinen schießen können. Das hat mein Papa immer gesagt.

Die Fotos mit den Zwillingen hören auf und es kommen die von meinem Bruder. Von meinem Bruder gibt es haufenweise Fotos, fast das halbe Album voll. Auf allen steht hinten etwas drauf, mit Papas Handschrift. Ich schaue sie nicht an, ich will sie nicht anschauen. Dann bin ich fast am Ende. Ich sehe mir lange dasselbe Foto wie immer an, das Foto am Strand. *Necochea, Januar 68,* steht auf der Rückseite. Mein Bruder sitzt auf Papas Schultern. Laura zeigt ihr Brett zum Wellensurfen in die Kamera, die Zwillinge lächeln Arm in Arm, Mama sitzt unter dem Sonnenschirm mit einem riesigen Bauch, der über den Stuhl hinaussteht. Es ist das letzte Foto mit Papa.

Ich höre die Schlüssel im Schloss. Mama kommt von der Arbeit. »Du schon wieder mit den Fotos«, sagt sie. Aber sie ist nicht böse. Sie kommt näher. »Das einzige Foto von uns allen«, sagt sie. Immer sagt sie das.

Mama macht das Abendessen. Ich lege das Album in den Schrank zurück. Als ich vom Stuhl steige, steht mein Bruder in der Tür. Er lässt mich nicht durch. Ich versuche, an ihm vorbeizurennen, aber er hält mich an den Schultern fest, und plötzlich liege ich auf dem Boden. »O-Soto-Gari«, sagt er.

Mir kommen die Tränen. Ich laufe in die Küche. »Was ist denn jetzt schon wieder los?«, sagt Mama. Ich erzähle ihr, dass Julián hässliche Sachen zu mir sagt, mich schlägt, Judogriffe mit mir macht. Mama schaut weg; ich weiß, dass sie nicht mit ihm schimpfen wird. Sie schimpft nie mit ihm. Mama macht Pfirsicheis. Sie gibt mir einen Löffel Kondensmilch. Aber sie schimpft nicht mit Julián.

Ich soll duschen und hole meinen Pyjama. Julián erwartet mich im Zimmer. »Unser kleines Weichei geht also zu seiner Mama petzen.« Er verdreht mir den Arm hinterm Rücken, bis ich um Entschuldigung bitte. »Entschuldige wer.« »Entschuldige, lieber großer Julián.« Er tut so, als würde er mich loslassen, aber als ich fast schon aus dem Zimmer bin, schubst er mich. Ich gehe zu Boden. »O-Soto-Guruma«, sagt er.

Ich habe mir beim Hinfallen die Ellbogen aufgeschürft. Aus dem linken kommt ein Tropfen Blut. Ich werfe mich weinend aufs Bett. Es klingelt. Es ist nicht Laura. Es sind die Zwillinge, die von ihrer Musikstunde kommen. »Laura hat sich wieder mit dem Philosophen getroffen«, sagen die Zwillinge kichernd zu Mama. Mama ruft zum Abendessen. Ich will kein Abendessen. Es gibt Pfirsicheis. Ich will kein Pfirsicheis. Ich will tot sein. Endlich kommt Laura. Ich höre, wie sie nach mir fragt. Ich höre ihre Schritte im Flur. Sie öffnet die Tür und setzt sich auf mein Bett. Sie bittet mich, ihr alles zu erzählen. Ich zeige ihr meine aufgeschürften Ellbogen. Ich fange wieder an zu weinen. Ich frage sie, warum Mama nie mit ihm schimpft. Nie. Ich sage, dass ich tot sein will.

Laura nimmt mein Gesicht in ihre Hände. Sie ist sehr ernst. »Weißt du, was du da sagst? Hast du auch nur die geringste Ahnung, was du da sagst?«, wiederholt sie. Dann geht sie in die Küche und bringt mir etwas Eis. Während ich das Eis esse, sieht sie mich mit einem komischen Gesicht an. »Ich verrate dir jetzt ein Geheimnis«, sagt sie, »aber dafür musst du mir etwas versprechen.« Laura wird wieder ganz ernst. »Dass du es nie Julián weitererzählst. Niemals. Nie, nie, nie. Versprochen?« Ich nicke. Und Laura erzählt.

Es war in dem Sommer in Necochea. Sie hatten ein Haus gemietet, gegenüber von einem riesigen Park. Julián war fünf Jahre alt, und manchmal ist er in den Park zum Spielen gegangen. Eines Abends, als Mama zum Essen rief, haben sie gemerkt, dass er nicht im Haus war. Sie sind auf die Straße gegangen und haben ihn gerufen, aber Julián ist nirgends aufgetaucht. Da ist Papa in den Park hinübergegangen, um ihn zu suchen. Laura hat ihn begleitet. Immer wieder hat sie meinen Bruder gerufen. Mein Papa hat nichts gesagt. Schweigend ist er neben ihr hergegangen. Es war schon Mitternacht, als sie umkehrten. Julián war schon zu Hause; eine Frau hatte ihn am anderen Ende des Parks beim Spielen gefunden. Mein Papa hat ihn fest umarmt. Er hat nicht mit ihm geschimpft, er hat nichts gesagt. Es war, als sei er stumm geworden.

In derselben Nacht hatte er den Infarkt. Am nächsten Tag ist er im Krankenhaus gestorben.

Als Laura fertig ist, lässt sie mich wieder schwören, dass ich es niemals, unter keinen Umständen Julián erzähle. »Wir wissen nicht, woran er sich erinnert«, sagt sie. Bevor Laura geht, sieht sie mich noch einmal wie zweifelnd an. »Dir ist doch klar«, sagt sie, »dir ist doch klar, wie schlimm es für ihn wäre, das zu wissen.«

Laura geht. Ich liege da und denke an Papa. An meinen toten Papa. Mein Bruder kommt herein und macht Licht. Ich lüpfe das Kopfkissen ein wenig und sehe ihm beim Ausziehen zu. Er ist schuld, es ist alles seine Schuld. Ich schaue auf seine nackten Arme, seinen kräftigen Körper.

Eine neue Angst steigt in mir auf. Morgen wird er mich wieder schlagen. Wie viele Schläge werde ich aushalten, ohne es ihm zu sagen, ohne es ihm vom Boden aus zuzuschreien?

MÜDE AUGEN

Der Mann, der mir die Tür öffnet, ist alt, aber ich hatte schon ältere. Seine Augen sind müde, aus ihnen spricht diese etwas wässrige Schwäche des Alters, doch sein Blick ist stechend klar und seine Gebärden sind ruhig und würdevoll. Er schließt die Tür und kehrt langsam zu seinem Sessel zurück, als wäre es eine gefährliche Strecke, bei der er Vorsicht wahren müsste. Erst als es ihm gelungen ist, sich hinzusetzen, deutet er auf den Sessel vor sich. Er schenkt sich mit zittriger Hand ein kleines Glas Likör aus einer geschliffenen Flasche ein. Parkinson, aber noch unter Kontrolle.

»Entschuldigen Sie die Uhrzeit«, sagt er. »Ich hoffe, ich habe Sie nicht aufgeweckt.«

»Nein, ich schlafe wenig«, beruhige ich ihn. »Außerdem war mir danach, nach draußen zu gehen, den ganzen Tag kam kein einziger Anruf.«

»Es gehen also nicht viele Anrufe ein?« Seine Lider heben sich ein wenig. Seine Augen sind stahlblau, doch im Licht der Lampe wirken sie beinahe grau.

»Doch, relativ viele. Mehr, als ich anfangs gedacht hätte. Aber sie rufen nicht *mich* an.«

»Ich verstehe«, sagt er. »Ich habe auch die anderen Anzeigen gesehen. Was zieht man im Allgemeinen vor? Frauen? Priester?«

»Frauen, nehme ich an. Aber nicht in sexueller Hinsicht, das fast nie. Sie suchen ähnliche Gesichter. Die Mutter, eine alte Freundin. Jemanden, der sie an einen geliebten Menschen erinnert. Und dann gibt es Modeerscheinungen. Viele bestellen Krankenschwestern oder Ärzte.«

»Und wer bestellt Sie?« Für einen Moment liegt Ironie in seinem Blick, jedoch sogleich abgeschwächt von einem höflichen Lächeln.

»Vor allem Akademiker. Professoren, Dozenten, Schriftsteller. Menschen, die wie Sie noch eine Bibliothek besitzen und eine ›philosophische‹ Unterhaltung führen möchten.«

»Keine Sorge, ich will keine Unterhaltung. Ich will nur mein Glas austrinken. Können Sie sich vorstellen, dass man mir doch tatsächlich einen richtigen Philosophen schicken wollte?«

»Nun ja, ich nehme an, sie müssen alles versuchen. Wie viele Botschafter hatten Sie?«

»Botschafter? So nennen Sie das?« Er wiegt lächelnd den Kopf. »Manchmal sind sie doch wirklich spaßig. Insgesamt waren es neun, ich habe mitgezählt. Wie naiv sie sind, beinahe hätte ich noch einen letzten Essay darüber geschrieben: Das Defilee der Gründe, um weiterzumachen. Man hat mir sogar eine Prostituierte geschickt, ein ganz junges Mädchen. Jung an Jahren, wohlgemerkt. ›Mein Kind‹, musste ich ihr sagen, ›das hätte ich vielleicht vor hundert Jahren in Erwägung ziehen können!‹«

»Normalerweise schicken sie nicht mehr als drei. Aber ich habe von Fällen wie dem Ihren gehört. Sie werden als Anomalie betrachtet. Sie sind noch nicht so alt, Sie machen keinen kranken Eindruck, Sie sind noch im Besitz Ihrer geistigen Kräfte. Ich kann nur einen leichten Anfang von Parkinson sehen.«

»Ja, ich bin gesund, das lässt sie besonders verzweifeln. Mir kam schon der Gedanke, ob sie mich vielleicht unter verschiedenen Verkleidungen studieren wollten. Oder dass es sich um eine Art rechtliche Falle handeln könnte, dass sie endlos aufeinanderfolgen würden. Aber schließlich haben sie doch kapituliert, heute Morgen kam die offizielle Genehmigung. Ich habe den ganzen Nachmittag damit zugebracht, die geeignete Person zu finden. Ich habe viele Anzeigen im Internet gesehen, aber ich konnte mich nicht entscheiden, wen ich anrufen sollte. Die Überschrift von Ihrer hat mir gefallen: *Ein endgültiges Ende*. Genau das will ich: Endgültig soll es sein.« Er seufzt und stellt sein leeres Glas auf den Tisch. »Haben Sie Ihren Koffer dabei?«

Sein Blick richtet sich wieder auf mich, und erneut fällt mir die im Licht changierende Farbe seiner Augen auf. Ich lege den Koffer auf den Beistelltisch und öffne ihn behutsam. Er wirkt enttäuscht, als er darin einzig eine Spritze entdeckt.

»Nein«, sagt er, »es muss etwas Drastischeres sein. Wenn es Ihnen recht ist, hole ich mein Gewehr. Ich habe nicht vor, ihnen mein Gehirn zu überlassen. Diese Aasgeier sind überall, im Leichenschauhaus, auf den Friedhöfen, in den Krankenhäusern. Ich weiß, dass sie sich sogar unter Ihresgleichen schmuggeln, um sich der Gehirnmasse zu bemächtigen.«

»Ganz wie Sie wünschen«, sage ich.

Er erhebt sich und macht zwei Schritte. Als er mir den Rücken zuwendet, nähere ich mich ihm von hinten, schiebe meinen linken Arm unter sein Kinn, lege meine andere Hand in seinen Nacken und stoße ihn heftig nach vorne. Es ist die alternative Vorgehensweise, der Kopf dürfte so noch ein paar Minuten durchblutet werden. Mit dem Telefon in einer Hand drehe ich den hageren Körper um. Vorsichtig lüpfe ich ein Lid, um die Iris aus der Nähe zu betrachten.

»Brauchbar oder unbrauchbar?«, werde ich gefragt.

»Brauchbar«, antworte ich. »Aber ich habe es mir anders

überlegt, was die Bezahlung betrifft. Ich würde lieber etwas für meine Sammlung behalten.«

»Das kann aber nur etwas Äußeres sein«, wird mir gesagt.

»Die Augen«, sage ich. »Ich glaube, sie sind alt. Ich glaube, das sind echte menschliche Augen.«

I GING
ODER DER PAPIERMANN

Der Mann schreckt aus dem Schlaf auf, ein taubes Gefühl im Rücken. Er ist auf dem Stuhl eingeschlafen und braucht einen Moment, bis er wieder weiß, wo er ist, doch es ist die zweite Nacht, und der Raum mit der Reihe Betten und die an Sonden angeschlossenen Köpfchen sind ihm langsam vertraut. Es riecht nach Desinfektionsmittel und Kölnischwasser, und an der Decke summen die Ventilatorflügel. Ein Bein ist ihm eingeschlafen, und als er sich die Augen reibt, schürfen seine Handflächen über Bartstoppeln. Er versucht sich an den Albtraum zu erinnern, aus dem er aufgeschreckt ist, aber ganz lässt er sich nicht mehr rekonstruieren, und er sagt sich, dass es wohl besser so ist. Er steht auf und beugt sich im Dunkeln über das Bett neben ihm. Keine Veränderung. Das Laken verhüllt bis zum Hals den dünnen kleinen Körper, eine blonde Haarsträhne klebt an dem verschwitzten Gesicht und der Kopf liegt ruhig in demselben leicht unnatürlichen Winkel da, als würde er von der aus der Nase kommenden Sonde brutal nach oben gezogen. Jemand hat in der Nacht den Tropf und das feuchte Tuch auf der Stirn ausgewechselt. Bis er eingeschlafen war, hatte er das herzzerreißende Weinen des kleinen Mädchens im dritten Bett gehört, und dann, schon halb im Schlaf, das asthmatische Schnarchen des Jungen an der Beatmungsmaschine, das sich anhörte, als sei ein Schwimmer kurz vorm Ertrinken, und er hatte sich gefragt, mit welch unterschiedlichen Mechanismen sich ein Körper gegen den Tod wehrt und ob die tiefe Bewusstlosigkeit seiner Tochter, ihre undurchdringliche Reglosigkeit, noch als eine Form inneren Widerstands oder als Zeichen eines endgültigen Aufgebens betrachtet werden musste.

Er hört Schritte im Gang und sieht auf die Uhr. Seine Frau kommt ihn ablösen. Die Tür geht auf, und in dem Fächer aus Licht erkennt man für einen Augenblick die anderen Betten. Das dritte, das des anderen kleinen Mädchens, ist leer. Er denkt, dass es gefährlich ist, einzuschlafen; über Nacht kommt es zu lautlosem Verschwinden, zu unverhofften Platzwechseln. Er spürt die Hand seiner Frau auf der Schulter, ihre Lippen streifen seine Wange. Sie bleiben nebeneinander stehen wie zwei Fremde, die reglos ein ebenso regloses und fremdartiges Schauspiel betrachten.

»Nichts, oder?«, sagt sie. Sie streckt den Arm aus und überprüft mit der Handfläche das Tuch auf der Stirn. »Es muss wieder ausgewechselt werden.«

Sie verlässt den Raum, und über den Korridor hört er das Wasser in der Teeküche rauschen, wo die Schwestern dösen. Als sie zurückkommt und die Stirn berührt, sieht er in ihren angstgeweiteten Augen, was noch keiner von ihnen beiden ausgesprochen hat.

»Wann kommt der Arzt wieder?«

»In zwei Stunden.«

»Hat er noch etwas gesagt?«

Er schüttelt den Kopf.

»Nur, dass man abwarten muss.«

»Irgendetwas ist schiefgelaufen, stimmt's? Die Operation hätte nur eine halbe Stunde dauern dürfen. Das haben sie gesagt. Vielleicht war es nicht der Blinddarm, vielleicht gab es Komplikationen.«

»Ich habe ihn gefragt und er hat es verneint, aber in der

Nacht ist er noch mal mit einem anderen Arzt gekommen. Sie haben gesagt, man müsse vierundzwanzig Stunden abwarten.«

»Wirst du vor deiner Vorlesung ein wenig schlafen?«

»Ja, ich werde versuchen, mich kurz hinzulegen.«

»Du denkst doch dran, das *I Ging* zu suchen, nicht?«

Ihre Stimme hat einen ängstlich flehenden Unterton, und er sieht in ihren Augen den gleichen hilflosen Blick, den sie hatte, als sie ihr erstes Kind verloren, den Blick einer Ertrinkenden. Als würde rings um sie alles untergehen und es kümmerte sie nicht mehr, was er denken könnte. Er sagt, er habe schon alle Kartons durchgestöbert, werde sich aber nochmals auf die Suche begeben.

»Und die Münzen«, sagt sie, »vergiss nicht die Münzen. Sie müssen ein männliches und ein weibliches Konterfei haben. Ich habe die britischen 25 Cent benutzt, mit dem Löwen und der Königin darauf. Sie müssen in ihrer roten Sparbüchse sein.«

Der Mann nickt und beugt sich herunter, um ihr einen Kuss zu geben. Sie umarmt ihn überraschend und bricht in verzweifeltes Schluchzen aus. Er fühlt, wie ihre Tränen sein Gesicht und seinen Hals benetzen. Seit Langem haben sie sich nicht mehr umarmt.

Sie lässt ihn los, sieht ihn wieder an und streicht ihm mit einer automatischen Geste den Hemdkragen glatt.

»Denkst du dran?«

Der Mann dreht den Schlüssel im Schloss um und betritt das Haus. Es riecht anders, als würde es seit Langem leer stehen. Er hört ein Kratzen an der Hintertür, die feuchte Schnauze des Hundes drückt sich am Glas ab. Seine Frau hat in der Küche Toast und Orangensaft bereitgestellt. Der Mann öffnet die Hintertür und teilt einen Toast mit dem Hund. Der Tag ist noch nicht angebrochen. Im Halbdunkel geht er über den Flur ins Zimmer seiner Tochter und schaltet eine Lampe an. Er merkt, dass seine Frau hier gewesen ist. Alles ist so aufgeräumt, als hätte sie jedes Spielzeug in der Hand gehabt und einzeln wieder auf die Regale gestellt, und über das Bett, aus dem sie ihre Tochter mitten in der Nacht gerissen hatten, ist sorgfältig die Pu-der-Bär-Tagesdecke gebreitet. Auf dem Nachttisch steht ein Foto von ihm und seiner Frau, sonnenverbrannt liegen sie lachend im Sand, seine Tochter hat es in einem Sommer am Meer gemacht, als sie vier oder fünf Jahre alt war. Er findet die Sparbüchse in einer Spielkiste, ein roter Briefkasten, den er ihr von einer seiner Reisen mitgebracht hat. Er leert sie auf dem Bett aus, greift in dem Schatz von Geldstücken aus aller Welt nach den drei 25-Cent-Münzen und steckt sie in seine Hosentasche. Dann löscht er das Licht und geht die Treppe nach oben in sein Büro.

Auf dem Boden stehen aufgeklappt, wie er sie am Vorabend zurückgelassen hat, Dutzende Bücherkartons verteilt, die beim Umzug verschifft worden waren. In diesem Haus haben sie keine Bibliothek; anfangs gab es immer irgendetwas Wichtigeres zu erledigen, und seit einiger Zeit dachten sie gar nicht mehr daran, als wüssten sie beide, dass es nicht mehr von Belang war, dass er ohnehin gehen würde.

Der Mann hockt sich hin, öffnet den ersten Karton und hebt Stapel um Stapel alle Bücher heraus. Er versucht den Platz zu überschlagen, den die Bücher in dem Zimmer einnehmen würden. Er ist entschlossen, alle Kartons erneut durchzugehen. Das Buch, das er sucht, ist schwarz und dick, der Titel steht in chinesischen Schriftzeichen darauf und der Buchrücken ist an einer Seite abgetrennt. Er ist sich sicher, dass er es nicht übersehen haben kann. Wahrscheinlich war es in einem der Kartons, die nie ankamen. Er sieht sie vor sich, über das Buch gebeugt, wenn sie während der ersten Jahre ihrer Ehe nicht schlafen konnte. Er erinnert sich vor allem an das leise Klingen der Münzen, wenn er im Dunkeln aufwachte und die andere Bettseite kalt war, er von diesem rhythmischen Klappern geleitet die Treppe hinunterging und sie im Negligé mit offenem Haar vorfand, das aufgeschlagene *I Ging* vor sich auf dem Küchentisch und neben sich ein gefaltetes Papier mit endlosen Strichreihen, die wie seltsame Morsezeichen oder ein insistierender Hilferuf wirkten. Er hört ihre langen Erklärungen wieder, während er Kaffee kochte, der König naht seinem Tempel, das Heer zieht sich zurück, das keusche Mädchen und die Nebenfrau, die Dynastie der Zouh, die Pflege der Kuh, der rufende Kranich im Schatten, Tränen in Strömen. Er erinnert sich an die zahllosen Scherze, die er machte, und an ihre Antwort darauf, die sie mit einem unerschütterlichen Lächeln jedes Mal wie einen ewigen Trumpf aus dem Ärmel zog: Das *I Ging* hatte ihr prophezeit, dass er in ihr Leben treten würde, der Papiermann. So nannte sie ihn früher in zärtlichen Momenten: *mein Papiermann*.

Als der Mann den zweiten Karton öffnet, fällt ein Sonnenschimmer durchs Fenster und legt sich wie eine warme Hand auf sein Gesicht. Ein heftiger Schmerz zuckt von seiner Taille hinauf in den Rücken. Er lehnt sich zurück, bis er ganz auf dem Parkettboden ausgestreckt ist, und betrachtet unter halb geschlossenen Lidern das im Sonnenlicht flimmernde Dreieck aus Staub. Er fällt in so tiefen Schlaf, dass er den Hund nicht mehr hört, der verbotenerweise die Treppe hinaufschleicht und sich neben ihm zusammenrollt.

Unten klingelt das Telefon. Einmal, zweimal. Der Mann wacht auf und kommt gerade noch am Fuß der Treppe an, ehe sich der Anrufbeantworter einschaltet.

»Ich dachte, du verschläfst sonst vielleicht«, sagt seine Frau. Ihre Stimme ist von Hintergrundgeräuschen umtönt, als rufe sie von einem öffentlichen Fernsprecher aus an. »Um wie viel Uhr ist deine Vorlesung?«

Der Mann schaut auf die Uhr.

»Ich habe noch Zeit zum Duschen. Etwas Neues?«

»Sie haben sie gerade zum Röntgen mitgenommen, und der Arzt hat weitere Bluttests angeordnet. Er hat gesagt, wir müssen den Tag abwarten, aber er wollte mir nicht sagen, was sie tun werden, wenn sie weiter nicht reagiert.« Ihr Stimme bricht kurz ab und fragt ihn dann offenbar in dem Bemühen, sich zu fassen, ob er nach der Uni direkt ins Krankenhaus komme.

»Natürlich.«

»Dann vergiss nicht, mit deinen Uni-Büchern auch das *I Ging* einzupacken.«

Immer hat sie ihn an alles erinnert, was er zu tun hatte. Er glaubt nicht, dass er ein so schlechtes Gedächtnis hat, wie sie es ihm zuschreibt; anfangs war es fast so etwas wie ein Spiel zwischen ihnen gewesen, doch er war sich bewusst, dass es inzwischen in kritischen Zeiten möglicherweise die einzige Form für sie war, Verbindung zu ihm aufzunehmen. Ganz zweifellos barg sein Gedächtnis ein willkürliches Element, aber daneben auch einige unverrückbare Erinnerungen. Er konnte sich jede einzelne Nacht hervorrufen, die sein Sohn mit dem Tod gerungen hatte, er konnte sich erinnern, wie sie, damals noch eine ganz junge Frau, leise murmelnd und hypnotisiert von dem Klingen die Münzen warf und verzweifelt versuchte, dem Buch eine andere Antwort abzuringen. Er erinnerte sich an den Tag nach der Beerdigung, an dem das *I Ging* vom Regal im Esszimmer verschwand, ohne dass er sie danach zu fragen wagte, und auch an den Tag, an dem sie begann, die Tabletten zu schlucken, mit denen sie inzwischen die ganze Nacht durchschläft.

Der Mann dreht den Duschhahn auf und entkleidet sich schnell. Er ist groß und immer noch so muskulös wie zu seinen Zeiten im Schwimmteam der Universität. Die hundert Bahnen Rückenkraulen, die damals sein tägliches Training waren, kann er noch immer ohne Anstrengung bewältigen. Er glaubt, seinen Part in dem heimlichen Pakt mit seinem Körper erfüllt zu haben, indem er ihm nie besondere Bedeutung beimaß. Er verlässt das Bad und zieht sich ein kurzärmeliges Hemd an, sieht wieder auf die Uhr und entscheidet, dass ihm zum Rasieren keine Zeit mehr bleibt. Er geht noch einmal in sein Büro hoch, nimmt ein Statistikbuch und ein paar Blätter mit Notizen und zerrt den Hund am Halsband die Treppe hinunter, um ihn wieder nach draußen zu sperren. Er vergewissert sich, dass er die drei Münzen noch in der Hosentasche hat, und nimmt die Autoschlüssel von dem Tischchen am Eingang. Er fährt los in Richtung Universität, macht jedoch einen Umweg und hält vor einer Buchhandlung. Der Buchhändler, der ihn berät, hört ihm aufmerksam zu und schüttelt dann langsam den Kopf. Sie haben nur eine gekürzte Fassung des *I Ging*. Das dicke Buch mit dem schwarzen Einband und einem Vorwort von Jung, nach dem er sucht, ist seit Langem vergriffen, vermutlich wird er es in keiner Buchhandlung der Stadt auftreiben können. Der Mann kehrt zu seinem Wagen zurück. Er sieht auf die Uhr und fährt etwas schneller als erlaubt zur Universität. Als er den Hörsaal betritt, sitzen die Studenten bereits, und ein resigniertes Getuschel wird laut. Er ist noch nie zu spät gekommen, sagt er sich, sie dachten wohl schon, er erscheine gar nicht mehr. Der Mann durchquert den Hörsaal mit seinen großen Schritten, steigt auf das Podest und beginnt von medizinischer Pathologie zu sprechen, von merkwürdigen Krankheiten, Monstrositäten. »Hat es Sie noch nie gewundert«, fragt er, »dass die ersten Fälle stets in China beschrieben wurden? Neigen die Chinesen etwa mehr zu Abnormitäten, dem Monströsen? Oder sind sie einfach nur zahlreicher? Und was ist letztlich schon eine seltene Krankheit? Sagen wir eine Krankheit, die einmal unter einer Milliarde vorkommt. Aber es gibt mehr als eine Milliarde Chinesen. Eine in jedem anderen Land seltene Krankheit ist es damit nicht mehr in China. Oder nehmen wir einmal weissagende Träume«, sagt der Mann. »Wir alle haben irgendwann einmal geträumt, dass ein naher Angehöriger von uns stirbt, wir können also davon ausgehen, dass jeder Mensch wenigstens einmal in seinem Leben einen solchen Traum hat.«

Er hält inne, als habe er den Faden verloren. Soeben ist wieder der morgendliche Albtraum aus dem Krankenhaus in all seiner entsetzlichen Klarheit vor ihm aufgestiegen. Er dreht sich einen Moment zur Tafel, gibt vor, nach einem Stück Kreide zu suchen, und wendet sich dann wieder der Klasse zu. »Nicht so häufig kommt dagegen vor«, sagt er, »dass am nächsten Tag dieser Angehörige tatsächlich stirbt. Aber was heißt hier wiederum ›nicht so häufig‹? Eines Tages wird unser naher Angehöriger, wie jedes menschliche Wesen, immer sterben müssen.«

Der Mann schreibt eine fünfstellige Zahl an die Tafel. »Das ist die maximale Lebenserwartung eines Menschen in Tagen. Unser Angehöriger kann an irgendeinem dieser Tage sterben. Den Traum hat man auch in irgendeiner Nacht, an irgendeinem anderen dieser Tage. Die Wahrscheinlichkeit aber, dass dieser Traum Wirklichkeit wird, ist die Wahrscheinlichkeit, dass diese beiden voneinander unabhängigen Geschehnisse zusammenfallen: die Nacht des Traums mit dem Tag des Todes. Und das können wir berechnen.«

Der Mann schreibt eine Gleichung an, hält einen Moment beim Gleichheitszeichen inne, als mache er in Gedanken eine lange Berechnung, und notiert dann eine zweite, beinahe doppelt so lange Zahl. »Das ist eine lange, aber gar nicht so besonders hohe Zahl«, sagt er. »In Tokio, Buenos Aires oder New York tötet regelmäßig jede Nacht jemand einen geliebten Menschen im Traum. Natürlich ist diese Person ganz bestürzt und wird sich weder mit dieser Rechnung noch mit irgendeiner anderen Erklärung davon überzeugen lassen, dass sich dahinter nichts Rätselhaftes verbirgt, es sich um keine Vorahnung handelt, sondern nur eine banale Statistik bestätigt, beinahe so unvermeidlich wie jedes Lottospiel einen Gewinner hat.«

Er löscht mit energischen Handbewegungen die Tafel, und nacheinander demontiert er mit dem gleichen beinahe unbeteiligten, ironischen Tonfall die Kunstgriffe von Astrologie und Tarot. Für seine Studenten unterscheidet sich seine Vorlesung kaum von irgendeiner anderen. Er ist nur etwas zerstreuter als sonst und hat noch keinen seiner diskreten, beinahe unmerklichen Scherze versucht. In der ersten Pause bleibt er an seinem Pult, während der Hörsaal sich langsam leert. Eine seiner Studentinnen aus der ersten Reihe tritt mit einem zweifelnden Lächeln zu ihm.

»Aber alles, was Sie gesagt haben, auch das Gesetz der großen Zahlen, trifft nicht auf das *I Ging* zu, nicht wahr? Das *I Ging* sagt zukünftige Ereignisse voraus ... es befindet sich auf einer anderen Ebene, es ist nicht nur ein einfaches Zufallsspiel.«

In jedem Kurs gibt es jemanden, der nach dieser Stunde über den Zufall mit alarmierter Miene zu ihm kommt, als gelte es, einen innersten Glauben zu beschützen, der heiliger ist als jede Religion. Fast immer sind es Anhänger der Astrologie, und er muss sich lange inbrünstige Verfechtungen astronomischer Koordinaten und Sternhäuser anhören. Manchmal sind es auch Verteidiger des Tarots. Im Allgemeinen kann er nichts tun, um ihnen verständlich zu machen, dass es leider doch so ist, es tut mir wahnsinnig leid, die blinde Unbestimmtheit der Dinge trifft auf alles zu.

»Dein Buch irrt sich nie?«, fragt der Mann, und seiner Studentin entgeht offenbar der ironische Unterton.

»Nie«, antwortet sie ernst. »Alles, was es mir vorhergesagt hat, ist immer eingetreten. Aber man darf es nur für wirklich wichtige Dinge befragen.«

»Vielleicht vollbringt dein Exemplar Wunder.«

»Sie glauben mir nicht, stimmt's?«, sagt das Mädchen verletzt.

Der Mann sieht sie an. Das Mädchen hat einen offenen, klaren Blick, in ihrem Gesicht liegt ein Strahlen, etwas entsetzlich Jugendliches, als habe das Leben sie noch nicht auf die Probe gestellt.

»Das wundersame Exemplar«, hört er sich sagen, »ist wie die wundersame Münze, ein eingehend untersuchter Fall in der Stochastik. Stell dir vor, alle Einwohner dieser Stadt werfen eine Münze zwanzig Mal hintereinander in die Luft. Es ist absolut möglich, dass die Münze eines einzigen Einwohners zwanzig Mal auf dieselbe Seite fällt. Zwanzig Mal Kopf. Dieser Mensch wird glauben, seine Münze sei ein Wunderding, aber natürlich hat das rein gar nichts mit der Münze zu tun, es ist nur eine der möglichen Konfigurationen des Zufalls. Und stell dir jetzt alle Menschen vor, die ein Exemplar des *I Ging* haben. Stell dir vor, dass nach der ersten Befragung diejenigen, die das Orakel enttäuscht hat, das Buch weglegen und nur diejenigen es weiter konsultieren, bei denen das Orakel sich bewahrheitet hat. Sagen wir, die Hälfte. Und nach der zweiten Befragung die Hälfte der Hälfte und immer so weiter. Und selbst wenn das *I Ging* so blind wie eine Münze ist, kann es in einer großen Stadt durchaus möglich sein, dass ein Exemplar existiert, das sich niemals irrt. Vielleicht ist das dein Exemplar. Welche Ausgabe hast du denn?«, unterbricht sich der Mann plötzlich.

»Die Ausgabe? Aber das tut doch nichts zur Sache, oder? Es ist eine ganz normale Ausgabe, mit schwarzem Einband.«

»Und goldenen chinesischen Schriftzeichen darauf?«

»Ja, genau die.«

»Könntest du sie mir leihen? Nur für heute.«

»Heute? Aber das Buch ist bei mir zu Hause.«

»Ich brauche es heute, ja. Ich könnte dich nach der Vorlesung nach Hause fahren.«

Über die Miene des Mädchens huscht Beunruhigung, als verunsichere sie diese neue Wendung des Gesprächs, als frage sie sich langsam, ob sich hinter seinen Worten nicht noch etwas anderes verberge. Doch sicher ist sie sich nicht, denn nichts in seinem Gesichtsausdruck deutet darauf hin, kein angedeutetes Lächeln, kein veränderter Tonfall, kein zweideutiger Blick. Nervös streicht sie sich durchs Haar und lächelt vorsichtig.

»Aber Sie glauben doch nicht an das *I Ging*, oder?« Ihr Lächeln vertieft sich und wird leicht herausfordernd. Oder vielleicht versucht sie damit auf ihre Weise, ihn zu ermutigen, die unsichtbare Grenze zu überschreiten, um sich zu vergewissern, was sie da im Begriff ist, zu akzeptieren oder auszuschlagen. Der Mann winkt müde ab.

»Nein, normalerweise nicht. Aber es ist nicht für mich. Es ist ...« Er hält inne, als habe er den falschen Weg eingeschlagen. »Das ist eine lange Geschichte«, sagt er. »Aber es handelt sich um eine wichtige Befragung, wie du vorhin gesagt hast. Ich fände es gut, wenn sie mit deinem Exemplar durchgeführt würde. Darf ich dich um diesen Gefallen bitten? Ich würde es dir morgen zurückgeben.«

»Natürlich, gern«, sagt das Mädchen und kehrt verwirrt an seinen Platz zurück.

»Danke«, sagt er Mann, »wir sehen uns dann nach der Vorlesung.«

Die Wohnung des Mädchens befindet sich in dem neuen Studentenviertel hinter dem Park. Auf dem kurzen Weg sprechen sie kaum ein Wort. Er erfährt ihren Namen. Das Mädchen erkennt anhand der Spielsachen auf dem Rücksitz, dass er eine Tochter hat. Als er vor einem der Wohnheime hält, bietet sie ihm befangen an, mit hinaufzukommen, und jetzt steht er an der Tür, während sie sich für die

Unordnung entschuldigt und das Buch in ihrem Bücherregal aus Bambus sucht, und er hat das Gefühl, wieder in seine eigene Studentenzeit einzutauchen, in sein eigenes chaotisches Zimmer, und dass er alles über sie wissen könnte, wenn er seinen Blick nur auf jedes Detail hier richten würde. Das Mädchen kommt mit dem Buch zurück und reicht es ihm. Er streicht mit dem Finger über die goldenen Schriftzeichen des Umschlags und fühlt es schwer in den Händen, als er es umdreht, um den Buchrücken zu betrachten. Er wird sich bewusst, dass er das Buch zum ersten Mal in der Hand hält.

»Es ist die ganz normale Ausgabe«, sagt sie, als habe sie ihn darauf zwar bereits hingewiesen, fürchte aber dennoch, das Buch könne ihn enttäuschen.

»Es ist perfekt«, sagt der Mann. »Das Wunder vollbringende Exemplar ist ein ganz normales Exemplar einer ganz normalen Ausgabe.«

Der Mann geht die Krankenhaustreppe hinauf. Auf jeder ungeraden Stufe klingeln die Münzen in seiner Hosentasche. Er durchquert den Innenhof und das Labyrinth von Gebäuden bis zum Raum seiner Tochter. Eine Krankenschwester, die ihn kennt, hält ihn im Korridor auf, bevor er die Tür öffnen kann, und legt ihm eine Hand auf den Arm. »Ihre Tochter ist im OP«, sagt sie. »Sie wird noch einmal operiert, Ihre Frau wartet dort auf Sie.« Der Mann geht bis zum Ende einer offenen Galerie und steigt eine weitere kleine Treppe mit abgetretenen, brüchigen Marmorstufen hinauf, die in einen kleinen Wartesaal münden. Seine Frau steht von ihrem Stuhl auf und umarmt ihn. Als sie sich von ihm löst, sieht er Spuren von Tränen in ihrem Gesicht.

»Sie ist gerade hineingekommen«, sagt sie. »Sie ist hinter der Tür da. Sie wissen nicht, was sie hat. Sie operieren sie noch einmal, aber sie wissen nicht, was sie hat.« Ihr Blick gleitet zu dem Buch ab, das der Mann noch in der

Hand hält, und als er es ihr gibt, drückt sie es einen Moment gegen die Brust. »Du hast es gefunden.«

»Es ist nicht deins«, sagt der Mann. »Ich habe noch mal gesucht, aber es war nicht da. Das hier hat man mir geliehen.«

»Und die Münzen? Hast du an die Münzen gedacht?«

Sie sind allein in dem Wartesaal. Der Mann holt die drei Münzen aus der Hosentasche und hält sie ihr hin. Die Frau sucht mit dem Buch auf der obersten Treppenstufe Zuflucht. Er dreht sich zu der Reihe leerer Stühle um. Er will sie nicht so sehen, wieder über das Buch gebeugt, als wäre es ein dunkler, schrecklicher Gott, als kehre die Vergangenheit abermals zurück. Aber das mit seinem Sohn und das mit seiner Tochter, denkt er, hat nichts miteinander zu tun. Er hört die auf dem Marmor aufschlagenden Münzen. Einmal, zweimal, dreimal. Viermal. Fünfmal. Sechsmal. Die sechs Würfe, die die Zahl des Hexagramms bestimmen. Er kann sich nicht davon abhalten, den Kopf zu heben, und sieht voller Schrecken die Hand, die eine Seite des unfehlbaren Buches aufschlägt.

DER GULLI GOTTES

Ich musste an diese kleine Geschichte denken, als ich vor Kurzem in einer Reportage hörte, Stephen Hawking gehe davon aus, die Physik werde sehr bald, vielleicht schon im nächsten Jahrzehnt, zu einer Weltformel gelangen, die eine mathematische Erklärung der Stunde null beinhalte.

Und während der Journalist ihm die unvermeidliche Frage nach der Rolle stellte, die Gott dann noch zukomme, erinnerte ich mich an die Kosmologie-Vorlesungen von Professor Katz an der Fakultät für Exakte Wissenschaften und daran, welche Angst er seinen Studenten einflößte. Katz hatte in Oxford bei Roger Penrose studiert, Hawkings Doktorvater, und während seiner kurzen Rückkehr nach Argentinien lehrte er Kosmologie als letztes Fach vor dem Abschluss in Physik. Bald war er berühmt für die Geschwindigkeit, mit der er die Tafel vollschrieb, die Kraft, mit der er beim Schreiben die Kreide zerbracht, und seine übermenschlich schwierigen Aufgaben. Er hatte einen fertig studierten Mathematiker als Assistenten verlangt, und Pablo Marín, mit dem ich damals befreundet war, hatte den Posten übernommen. Pablo amüsierte es, mir in der Uni-Cafeteria von Katz' sarkastischen Bemerkungen und der Verzweilfung der Studenten angesichts seiner Formeln zu berichten. Vor allem aber erzählte er von einem Mädchen, etwas älter als die anderen, das bereits zweimal in dem Fach durchgefallen war und ihm bei allen Tutorien wie ein Schatten auflauerte, um ihn mit besessener Unerschütterlichkeit zu jeder einzelnen Aufgabe zu befragen.

Das Semester war zu Ende und die Abschlussprüfungen rückten näher. Pablo hatte ein letztes Tutorium eine Stunde vor der Prüfung angesetzt. Als er an diesem Tag mit mir in der Cafeteria zu Mittag aß, wurde er ins Sekretariat ans Telefon gerufen. Blass kam er wieder zurück: Seine Ex-Freundin, die gerade auf Durchreise in Buenos Aires war, wollte ihn wiedersehen. Er bat mich, eine Viertelstunde später in die Aula zu gehen, in der die Prüfung abgehalten werden sollte, und seinen Studenten zu sagen, dass er das Tutorium nicht halten werde. Und schon stürmte er zur Bushaltestelle. Ich bestellte noch einen Kaffee, wartete die Viertelstunde ab und ging zur Aula. Es stand nur ein Mädchen an der Tafel, das nervös von einem Fuß auf den anderen trat und eine schwarze Mappe an sich presste – die Studentin, von der Pablo mir erzählt hatte. Als ich näher kam, sah ich, dass der Arm über der Mappe in eine verkrampfte Faust mündete, als verberge sie etwas, und dass ihr Kinn unkontrollierbar zitterte; beinahe schien sie mit den Zähnen zu klappern. Ich musste ihr mitteilen, dass Pablo das Tutorium nicht halten würde. Einen Augenblick war sie wie benommen und brachte keinen Ton heraus, dann sah sie mich flehend an wie eine letzte Rettungsplanke. »Aber vielleicht könntest du mir ja helfen«, sagte sie. »Du bist doch auch Mathematiker, oder?« Und bevor ich irgendetwas sagen konnte, schlug sie hastig ihre Mappe auf. Die Aufgabe hatte einen merkwürdigen Namen: Der Gulli Gottes. Wahrscheinlich einer von Katz' sarkastischen Einfällen, vielleicht auch eine unter Physikern gebräuchliche, leicht spöttische Bezeichnung für den ersten Anfang. Darunter standen die unverständlichsten Gleichungen, die ich während meines ganzen Studiums gesehen habe. Die erste ging über drei Zeilen, und ich kannte darin nicht mehr als zwei oder drei Symbole. Mir wurde klar, dass es mir in einer Stunde nicht einmal gelingen würde, die Notation zu verstehen. Ich blickte auf, und bevor ich ein Wort sagte, hatte sie begriffen, dass ihre letzte Hoffnung soeben zunichtegemacht worden war. Sie zitterte, und ihre inzwischen herabhängende Faust öffnete und schloss sich krampfartig. Einen Moment lang stand ich da wie versteinert: Zwischen den Fingern ihrer Faust kam ein Blutrinnsal hervor und tropfte still zu Boden, ohne dass das Mädchen es zu merken schien. Ich griff nach ihrem Handgelenk, und ehe sie es wegziehen konnte, bog ich mit der anderen Hand ihre Finger auf. Was diese Physikstudentin verborgen hielt und so fest drückte, dass es sich in ihre Handfläche geschnitten hatte, war ein metallenes Kruzifix.

WAS JEDES MÄDCHEN SEHEN SOLL

Ich war tanzen gewesen und hatte zu viel Bier getrunken, das stimmt. Das erste Mal wartete ich geduldig in der Schlange vor den Toiletten, dachte an die ekligen Pfützen und an die schlecht aus dem Englischen übersetzte Liedstrophe zwischen den obszönen Kritzeleien an der Wand:

Wie seltsam ist doch die Welt
warum die Menschen nicht
immerzu verwundert sind
kann ich nicht verstehen.

Mechanisch und gebieterisch rückten die Körper auf den Abort zu, mit roboterhaften Bewegungen, wie Behälter, die nacheinander entleert werden müssen. Der Gedanke hatte mich entmutigt, und ich hatte meinen Platz meinem Hintermann überlassen, als die Reihe an mir war.

Um vier hatte ich vor dem Gehen mutig überlegt, mich zum zweiten Mal dorthin zu begeben, aber die Schlange war noch viel länger und ich sagte mir, dass ich draußen bestimmt an einer offenen Bar vorbeikommen würde. Irrtum. Mitten in der trostlosesten Nacht irrte ich weiter durch dieses mir unbekannte Viertel, die Straßen gesäumt von immer niedrigeren Häusern. *Gegen einen Baum, wie ein Hund!* Ich kam an einer Mauer vorbei, an der andere feuchte Flecken hinterlassen hatten. Aber sogar Hunde suchen sich ihren Ort gern selbst aus. Ich sah eine offene Blechtür mit einer rostigen, kaputten Klinke, halb vom Wind aufgedrückt. Dahinter begann ein schmaler Weg mit stillen, dunklen Häusern zu beiden Seiten. Nahe der Tür erspähte ich einen Abflussdeckel in einem Ligusterbeet. Ich schlüpfte hinein und zog den Reißverschluss meiner Hose auf. In der tiefen Stille der Nacht tönte der Strahl unverhofft laut auf dem kreuzförmigen Eisen, beinahe erschreckend war der Widerhall. Plötzlich ging eine Laterne an, und ich sah eine Frau aus dem ersten Fenster schauen. Ich hätte nicht ohne noch beschämendere Folgen innehalten können, außerdem war es ohnehin zu spät. Ich sah sie über das Rauschen hinweg an und fühlte mich immer unbehaglicher, doch die Frau lächelte mir zu, als sei dies ein unerwarteter Glücksfall.

»Lass dich bitte nicht unterbrechen«, sagte sie und lachte leise auf. »Ich dachte, es hätte zu regnen angefangen, und was sehe ich? Genau, was ich brauche. Behalte ihn nicht für dich«, fügte sie erschrocken hinzu, als sie merkte, dass ich fast fertig war. »Ich komme gleich, ich ziehe mir nur schnell etwas über.«

Und tatsächlich ging kurz darauf die Tür auf. Die Frau war barfüßig, und nur ein dünnes Nachthemd bedeckte ihre wogenden Brüste.

»Komm hierher, unter die Laterne«, forderte sie mich auf und verschränkte auf meinen Blick hin die Arme.

Ich ging mit noch offenem Hosenschlitz auf sie zu. Die Frau hatte etwas vertrauenerweckendes an sich. Sie war etwa fünfunddreißig und ihre Schönheit war im Begriff, sich zu verflüchtigen, als habe ein Moment der Unaufmerksamkeit diesen Prozess unwiederbringlich eingeleitet. Sie lächelte mir weiter zu, während ich näher kam, und einen Augenblick lang revidierte ich im Geiste das ›unwiederbringlich‹.

»Darf ich mal sehen?«, fragte sie, und ehe ich antworten konnte, hatte sie schon ihre Hand ausgestreckt und machte meine Hose auf, legte drei Finger darum, zog ihn ganz aus der Unterhose und platzierte ihn auf ihrer offenen Handfläche, als handele es sich um einen wertvollen, zerbrechlichen Gegenstand aus einer anderen Epoche, den sie nun beifällig im Licht betrachtete.

»Sehr hübsch«, sagte sie und sah auf. »Er ist ... repräsentativ. Absolut perfekt.«

Ich sah ihre Brustwarzen unmittelbar vor meinem Gesicht durch das Nachthemd schimmern und fühlte zeitgleich mit ihr, wie er sich in ihrer Hand aufrichtete.

»Nein, aber das nun wirklich nicht«, sagte sie leicht vorwurfsvoll. »Er muss in Ruheposition sein. Mach deine Hose zu und komm herein. Leise«, fügte sie hinzu und legte einen Finger auf die Lippen.

Ich folgte ihr ins Haus, das warm und einladend war. Auf einem runden Tisch stand ein Scrabblebrett mit zwei Buchstabenständern auf einer Seite, als habe die Frau gegen sich selbst gespielt. Sie schaltete eine Stehlampe an und führte mich mit behutsamen Schritten zu einer spanischen Wand in einer Ecke, hinter der ein Bett zu erkennen war. Unter einem Mobile mit schimmernden Planeten lag in tiefem Schlaf ein kleines Mädchen mit Korkenzieherlocken und zwei Teddybären links und rechts des Kopfkissens.

Die Frau winkte mich zurück zum Wohnzimmertisch.

»Sie ist fast zwei Jahre alt«, sagte sie leise und beschwörend. »Nur noch ein Monat ... Und kannst du dir vorstellen«, dabei öffneten sich ihre Augen mit einem Anflug von Machtlosigkeit, »sie ist fast zwei und hat noch keine Ahnung, dass es so etwas wie Pimmel gibt.«

Ich lachte überrascht auf.

»Aber ... und in der Krippe? Wenn die Jungen die Windeln gewechselt bekommen?«

»Sie hat keine Ahnung, dass es sie gibt«, wiederholte sie, als handele es sich um ein nicht zu bestreitendes Unglück. »Babys zählen nicht. Es muss der richtige Phönix in seiner ganzen Pracht sein. Sie ist immer nur von Mädchen umgeben. Sie glaubt, alle Körper seien wie ihrer. Weißt du, was das für Folgen haben kann?«

Sie trat an ein Bücherregal und reichte mir ein Buch, als stünde darin alles, was einem nur in den Sinn kommen könnte. Ich warf einen Blick auf den Titel, *Erziehung und Kindermord,* und einen Moment lang starrte ich mit entsetzter Faszination auf das Umschlagmotiv: Der riesige Kopf eines Monsters, das in seinen Klauen ein Kind hielt, oder vielmehr das, was von dem Kind übrig war, einen blutig verstümmelten Rumpf.

»Kronos beim Verschlingen seiner Kinder«, sagte die Frau. »Alle Eltern verschlingen ihre Kinder. Mir ist es so ergangen, uns allen ist es so ergangen. Aber im letzten Kapitel wird erklärt, wie es sich verhindern lässt, wie man den Kreislauf durchbrechen kann. Ich habe mich bemüht, alles zu tun, was in meiner Macht steht, nur das eine bleibt mir noch.« Sie trat von hinten heran, blätterte die Seiten um und deutete auf einen Absatz, den sie unterstrichen hatte. »Hier steht es«, sagte sie. »*Was jedes Mädchen sehen soll.* Aber es muss vor ihrem zweiten Geburtstag sein.« Sie blickte mich eindringlich an und nahm eine meiner Hände in ihre. »Dürfte ich dich um diesen kleinen Gefallen bitten?«

»Doch, doch, warum nicht«, sagte ich. »Ich wusste nicht, dass das so wichtig ist. Aber wie stellen wir es an?«

»Danke, danke, danke«, flüsterte sie bewegt mit gesenkter Stirn. »Keine Sorge, ich habe mir schon alles überlegt. Ich mache jetzt den Boiler an, du ziehst dich aus und stellst dich unter die Dusche. Mit offenem Vorhang. Inzwischen wecke ich sie auf und bringe sie ins Bad, damit sie dich sieht.«

Sie deutete auf die Badezimmertür. Ich legte meine Kleider auf den Toilettendeckel und zog den Duschvorhang auf. An einer Seite des Wasserhahns hing ein Schlüpfer, und am Rand der Badewanne stand eine gelbe Gummiente. Ich stellte das Wasser an und hörte durch das Rauschen, wie in verschiedenen Tonlagen der Name des Mädchens, Valeria, genannt wurde, um sie aufzuwecken. Ich entdeckte ein Shampoo für getöntes Haar und eines für Kleinkinder. Ich nahm das für Kleinkinder und versuchte, mir so unbekümmert wie möglich den Kopf einzuseifen. Als ich zur Tür sah, stand dort die Frau, auf dem Arm das noch halb schlafende Mädchen.

»Das ist der Freund, den ich dir gern vorstellen möchte«, sagte die Frau.

»Hallo, Valeria«, sagte ich und winkte mit nassem Arm aus der Dusche.

»Hallo«, antwortete sie verhalten. Sie rieb sich mit dem Handrücken über ein Auge, wobei ihr Blick offenbar auf das Shampoo fiel, dessen Deckel ich offen gelassen hatte und das sich jetzt mit Wasser füllte. »Warum nimmt er mein Shampoo?«, fragte sie ihre Mutter.

»Ich habe ihm erzählt, dass du ein großzügiges Mädchen bist und ihm gern etwas abgibst.«

»Aber nicht die Ente«, sagte das Mädchen. »Er spritzt auf meine Ente.«

»Schon gut«, sagte die Frau. »Retten wir deine Ente.«

Sie umrundete mit zwei Schritten das Waschbecken, das Mädchen immer noch auf dem Arm. Die beiden standen jetzt direkt vor mir. Behutsam hob ich die Ente hoch und bemühte mich, sie nicht nass zu machen. Die Frau lockerte ihren Griff ein wenig, damit das Mädchen den Arm ausstrecken und sie selbst in Empfang nehmen konnte. Doch das Mädchen hielt abrupt inne, lehnte sich zurück gegen ihre Mutter und zeigte auf meinen Unterbauch.

»Was ist das für ein Säckchen?«, fragte sie.

Die Frau wurde rot und sah sie strahlend an.

»Das ist kein Säckchen«, sagte sie und verkündete beglückt: »Das ist ein Pimmel. Ein Pimmel. Den haben alle Männer.«

»Und warum nimmt er ihn zum Duschen nicht ab?«

Die Frau drückte sie an sich, strich ihr übers Haar und lachte amüsiert.

»Den kann man nicht abnehmen. Er ist Teil seines Körpers, Männer sind so.«

Mit einem Mal schien das Mädchen das Interesse zu verlieren. Ich setzte die Ente auf dem Waschbecken ab, aber auch die Ente kümmerte sie offenbar nicht mehr.

»Ich will ins Bett«, sagte sie.

»Aber natürlich«, sagte die Frau und machte mir ein Zeichen, das ich zunächst nicht verstand.

Ich drehte das Wasser ab und hörte im Nebenraum ein leiser werdendes Gutenachtlied. Tropfend stand ich auf dem Badevorleger. Die Frau tauchte mit einem sorgfältig zusammengelegten blauen Badetuch wieder in der Tür auf. Sie hob meine Sachen vom Toilettendeckel, damit ich mich daraufsetzen konnte. Angeekelt rümpfte sie die Nase.

»Deine Hosen stinken nach Rauch«, sagte sie. »Ich stecke sie schnell in die Waschmaschine.«

Kurz darauf war sie wieder da, noch bevor ich mich ganz abgetrocknet hatte, und hängte einen Bademantel mit blauem Monogramm an einen Haken.

»War es nicht ganz fantastisch?«, sagte sie, nahm ein Ende des Badetuchs und trocknete mir damit die Knie ab.

»Aber ja«, sagte ich, »ein Vorher und ein Nachher.«

»Mach dich nicht lustig«, sagte sie und sah mich ernst an. Sie hatte ausdrucksvolle braune Augen, deren Frohsinn im Bruchteil einer Sekunde in Ernst umschlagen konnte. »Es war so *natürlich* ... Es war eine so gute Tat von dir.« Sie hatte ihre Hände mit dem Badetuch zwischen meine Schenkel gesteckt und ihn ganz nebenbei hochgehoben und abgetrocknet. Sie gab ihm einen sanften Kuss auf die Spitze. »Und er ist wirklich hübsch«, sagte sie.

»Habe ich für meine gute Tat keine Belohnung verdient?«, fragte ich und wollte sie am Handgelenk festhalten. Aber die Frau befreite sich geschickt, nahm den Bademantel vom Haken, bedeutete mir aufzustehen und half mir von hinten hinein. Dann drehte sie mich zu sich um und nickte.

»Er passt dir perfekt«, sagte sie und zog den Kragen zurecht, ihr Gesicht ganz nah vor meinem. »Wie gut, dass ich nicht alle Sachen verbrannt habe.«

»Und?«, sagte ich. »Was tun wir, während meine Hosen trocknen?«

»Wir spielen Scrabble«, sagte sie, »und sicher dämmert es schon bald, dann könntest du mit uns frühstücken.«

EIN FRISEUR FÜR LEW DAWIDOWITSCH

Es ist Vormittag, und der Mann im blauen Morgenmantel, den inzwischen alle den Alten nennen, hat soeben eine Stunde im Gehege mit dem Füttern seiner Hasen zugebracht. Er geht in den Garten, wo seine Frau zwischen den Pflanzen beschäftigt ist, und beugt sich neben ihr über einen frisch gesetzten Kaktus. Eine graue Haarsträhne fällt ihm in die Brille. Seine Finger sind schmutzig und er versucht, die Strähne mit dem Handrücken wegzustreichen, doch sie fällt ihm wieder in die Stirn. »Ich werde einen Friseur brauchen«, sagt er, und sie bereden die Angelegenheit kurz. Beide sind sich einig, dass es gefährlich ist, nach draußen zu gehen. Es sind noch keine drei Monate seit dem Anschlag auf das Haus vergangen, und an den verputzten Wänden im Schlafzimmer und den kugelsicheren Läden der Fenster sind die breit verteilten Einschusslöcher noch zu sehen. Die Organisation ist zerstreut, hat aber in der Zwischenzeit das Geld für eine zusätzliche Sicherung des Hauses aufgebracht. Sie haben eine Außenmauer gezogen, ein überdachtes Refugium aus Stahlbeton gebaut, das Holztor des Grundstücks durch Eisentüren mit elektrischem Alarm ersetzt und drei neue Türmchen errichtet, um die Seitenstraßen zu überblicken. Zwischen den Türmchen haben sie Stacheldraht und Netze zur Abwehr von

Granaten gespannt. Die Regierung dieses heißen exotischen Landes, des einzigen, das sie aufzunehmen bereit war, hat in Beschämung über den Anschlag das Wachpersonal verdreifacht. Trotzdem weiß er, dass er verurteilt ist. *Ich bin ein Militär,* antwortete er einer Zeitung vor Kurzem, *und ich sehe, dass alle Karten gegen mich ausgespielt sind.* Er weiß auch, dass er der Letzte der historischen Riege ist; alle anderen haben sie mittlerweile erwischt. *Er ist allein,* schreibt seine Frau, *und wir wandern durch diesen tropischen Garten umgeben von Gespenstern mit durchlöchterter Stirn.* Das Haus ist jetzt eine Festung, ja, aber jede Festung ist zugleich auch ein Gefängnis. Kein Gedanke mehr daran, sie zu verlassen. »Keine Sorge«, sagt seine Frau, »ich kümmere mich schon darum. Der Friseur wird eben herkommen.«

Der Mann betritt das Haus und geht durch den Korridor in das zweite, privatere Gefängnis, sein Arbeitszimmer. Wie gewohnt öffnet er im Vorbeigehen die Tür zum Schlafzimmer seines Enkels und beobachtet ihn, bis seine Brust sich atmend hebt. Eine Kugel hat ihn bei dem Anschlag am Fuß verletzt, aber er hat inzwischen keine Albträume mehr und schläft jetzt wieder bis spät in den Morgen hinein, beschützt von Kindheit und Schlaf. Sieva ist alles, was ihnen von ihren Kindern geblieben ist. Alle drei sind tot, eins nach dem anderen, tot, tot, tot, auch sie gehören zu der langen Reihe Gespenster.

In seinem Arbeitszimmer erwartet ihn ein Stapel Zeitungen, seine Schreibmaschine, seine Lesebrille und die ausgeschnittenen und markierten Zeitungsartikel. Er muss den Entwurf für den Artikel fertig machen, den er heute Nachmittag über die Mobilisierung der nordamerikanischen Truppen diktieren wird. Er unterbricht sich nur für eine kleine Mittagspause, verabschiedet Sieva, der in die Schule geht, und fragt seine Frau, ob sie den Friseur erreicht hat. Sie nickt. Der Friseur wird im Laufe des Nachmittags kommen.

Nach dem Mittagessen beginnt der zweite Teil seiner Arbeit. Jetzt widmet er sich ganz seinem – hoffentlich – endgültigen Buch, einer detaillierten Abhandlung der großen Geschichte, seiner Schlussanklage. Die Stunden vergehen langsam. Kurz nach fünf wird er vom Eingang benachrichtigt, er habe Besuch. Ist es der Friseur? Nein, es ist Jacson Mornard, der Verlobte seiner Sekretärin. Der Besuch ist unangekündigt, aber er begibt sich in den Garten, um ihn zu begrüßen. Es ist August, Regenzeit, und Jacson tritt ihm mit einem Regenmantel über dem Arm entgegen. Es ist das erste Mal, dass sie sich allein sehen. Seine Sekretärin hat ihn vor nicht allzu langer Zeit in die Gruppe eingeführt, und alle mochten ihn auf Anhieb. Sieva hat er ein kleines Gleitflugzeug geschenkt, er kutschiert sie alle in seinem riesigen Buick herum, und obwohl er anfangs nur an Sport und Autos interessiert schien, hat er sich der Bewegung langsam immer mehr genähert. Er kommt, um sich zu verabschieden, er ist im Aufbruch nach New York und will vorher noch eine kleine Überraschung vorbeibringen: den ersten politischen Artikel aus seiner Feder, eine Kritik der Drei-Lager-Theorie. Ob er wohl so freundlich wäre, einen Blick darauf zu werfen?

Die beiden gehen ins Arbeitszimmer, und der Alte setzt sich in seinen Sessel. Das Diktiergerät steht in Reichweite, daneben liegen die Bänder, und neben den Bändern seine Automatikpistole Kaliber .25. In der Schublade bewahrt er noch einen Revolver auf, einen Colt .38. Beide Waffen sind mit sechs Patronen geladen. Der Alte setzt seine Brille auf und beugt sich über die erste Seite. Jacson nähert sich ihm von der Seite, als wolle er über seine Schulter mitlesen. Der Alte sieht die Drehung seines Arms nicht, aber er hört das schreckliche Geräusch des Hiebs, der seine Kopfdecke durchschlägt, und er spürt die grausame Eisenspitze in seinen Schädel dringen. Einer der Wachleute hört ein langes, entsetzliches Stöhnen, zwischen Schrei und Jammerlaut.

Der Alte versucht mit Jacson zu ringen, und das aus seinem Kopf sickernde Blut beschmiert den blauen Morgenmantel. Die Wachen kommen und prügeln auf Jacson ein, bis sein Gesicht unkenntlich entstellt ist. Der Alte ist auf dem Boden liegen geblieben. Ebenfalls auf dem Boden neben dem Tisch sieht er den Eispickel, mit dem Jacson ihn soeben angegriffen hat. Seine Frau eilt verzweifelt herbei und versucht, bis zum Eintreffen der Ambulanz die Blutung zu stoppen. Sieva kommt aus der Schule zurück und schaut ins Arbeitszimmer. Der Alte bittet flüsternd, man solle ihn wegbringen. Endlich trifft die Ambulanz ein, die ihn mit lauten Sirenen quer durch die Stadt ins Krankenhaus bringt. Der linke Arm des Alten ist gelähmt und sein rechter Arm macht unaufhörlich eine seltsame Kreisbewegung. »Wie geht es dir?«, fragt seine Frau entsetzt. »Besser, besser.« Man legt ihn auf eine Krankenliege und bereitet eine Notschädelbohrung vor. Eine Krankenschwester schneidet ihm mit einer Schere graue Haarsträhnen ab, die blutig auf die Liege fallen. Der Alte blickt seine Frau mit einem traurigen Lächeln an. »Der Friseur ist da«, murmelt er.

Randnotiz:

Lew Dawidowitsch Bronschtein, allgemein bekannt unter dem Namen Leo Trotzki, sollte dieses Attentat nicht überleben. Er stirbt sechzigjährig am nächsten Tag, dem 21. August 1940.

DAS UNERTRÄGLICHE GLÜCK DER FAMILIE M.

Ich lese Flaubert. *Drei Dinge sind zum Glücklichsein erforderlich: Man muss dumm, egoistisch und bei guter Gesundheit sein.* Na schön, einverstanden, aber trotzdem komme ich jedes Mal, wenn jemand den Satz »Es gibt kein vollkommenes Glück« zitiert, nicht umhin, an das heitere, grenzenlose, ungetrübte, wahrlich unerträgliche Glück der Familie M. zu denken.

Die Vorsichtsmaßnahme des abgekürzten Nachnamens ist absurd, ich weiß, eine überflüssige Befangenheit, aber mein Vater riet mir dazu, um meiner Wahrheitsliebe entgegenzuwirken, nachdem die Veröffentlichung einer meiner Erzählungen einmal unseren netten Familienzusammenkünften zum Jahresende für immer ein Ende gemacht hatte. In meiner Geburtsstadt weiß ohnehin jeder, von wem ich spreche, und außerhalb dieser Stadt würde niemand sie kennen, denn ihr zerbrechliches, entrücktes Reich bedurfte der Diskretion und der Dimensionen einer Kleinstadt. Tatsächlich genügten ihm die noch engeren Grenzen eines exklusiven Tennisclubs mit seinen hochklassigen Turnieren. Denn die Familie M. war auf den ersten Blick eine Familie von Tennisspielern. Zum ersten Mal hörte ich von ihnen in dem bescheidenen Club unseres Viertels mit seinen beiden einzigen Plätzen, wo ich damals als Zehnjähriger an der Übungswand meine ersten Schläge ausprobierte. Zwei Jahre später sah ich sie zum ersten Mal, nachdem ich solche Fortschritte gemacht hatte, dass meine Eltern sich lange insgeheim beraten und schließlich dazu durchgerungen hatten, mich in *ihrem* kostspieligen Club anzumelden. Mit meinem einzigen Schläger und meinen abgelaufenen Tennisschuhen durchschritt ich das imposante Eingangstor und umrundete das englische Herrenhaus, in dem die Verwaltung untergebracht war, hinter dem sich die Plätze verbargen. In der Stille des Nachmittags hörte ich die hin und her schlagenden Bälle immer lauter vibrieren, und als ich am Ende des Kieswegs angelangte, sah ich sie durch den Drahtzaun, klar und wirklich und majestätisch. Bei ihrem Anblick begriff ich besser als durch jedes andere Beispiel, was mir mein Vater über die platonischen Archetypen erzählt hatte. Der alte M. spielte mit Freddy, dem ältesten Sohn, auf einem etwas abseits von den anderen liegenden Platz, der – wie ich später erfuhr – von Montag bis Freitag für sie reserviert war. Alles an ihnen war schlicht perfekt. Die Vorhand des alten M. hörte sich an wie der Schwerthieb eines tapferen, entschlossenen, alternden Königs in der Schlacht. Seine Rückhand war schneidend und ausgefeilt, immer mit Slice, als solle sie Schwäche vortäuschen, um die Angriffe auf sich zu lenken. Doch je schärfer sein Sohn ihn auf dieser Seite angriff, desto schneller und flacher kam der Ball zurück. Beide waren gleich groß und athletisch. Beide vom selben Schlag. Der Alte hatte eine weiße Strähne in einem Haar von ansonsten seltsamer Farbe, zwischen Blond und Rot, leicht ins Karamell gehend. Sie wirkten irgendwie ausländisch, und als der Alte laut den Spielstand angab, hörte sich seine spanische Aussprache zu gewählt an, die Akzente zu betont. Als sie beim Seitenwechsel aneinander vorbeigingen, sah man, dass der Sohn vielleicht eine Spur größer war. Er hatte einen starken Aufschlag und ein aggressives

Angriffsspiel. Unermüdlich und waghalsig lief er hin und her, stürzte vor ans Netz. Seine Volleys waren beinahe unhaltbar, und er war wendig wie eine Katze, manchmal zeigte er geradezu akrobatische Fähigkeiten, wenn es galt, die rasanten Passierbälle seines Vaters abzuschneiden. Wenn er wieder zur Grundlinie zurückging, warf er mit einer brüsken Bewegung eine Haarsträhne zurück, die ihm immer in die Stirn fiel, und scharrte mit dem Fuß vor der Linie wie ein ungeduldiger Sprinter. Sowie ich die beiden sah, wusste ich mit dem schalen Beigeschmack einer unwiderlegbaren Wahrheit, dass ich niemals spielen würde wie sie.

Nach einem Trainingssatz ging Freddy in die Umkleiden und der alte M. rief seinen jüngeren Sohn Alex zu sich auf den Platz. Er lief an mir vorbei, Haarfransen in dem gleichen Karamellton wie sein Vater in der Stirn und um die Schulter eine große Tasche, aus der vier Schlägergriffe ragten. Er war vielleicht gerade ein Jahr älter als ich, aber man erahnte bereits, dass er im Laufe seiner soeben beginnenden Adoleszenz den langen, schlaksigen Körper seines Bruders bekommen würde. Und verkörperte der alte M. die Weisheit und vermutlich auch die Gerissenheit so wie sein ältester Sohn die Kraft, dann war Alex bereits in seinen jungen Jahren ein Inbegriff der Eleganz. Ich hatte noch nie jemanden mit einer so perfekten Haltung gesehen, der sich so gelassen und vorausschauend über den Platz bewegte und den Ball schlug, als stehe er Modell für ein Tennishandbuch.

Ich war nicht der Einzige, der ihnen zusah. Auf einer der Bänke vor dem Platz strickte eine Frau mit entspanntem Gesichtsausdruck einen weißen Pullover, wovon sie von Zeit zu Zeit aufsah, um mit einem heiter mütterlichen Blick die Ballwechsel zu verfolgen. Auf einem der hinteren Plätze versuchten sich vier Mädchen, keines älter als zwölf, lachend bei einem Doppel. Als der alte M. vom Platz ging, stand die Frau von der Bank auf, und der Alte legte einen

Arm um sie, während sie ihm ihre Fortschritte an dem Pullover zeigte. Sie riefen fröhlich etwas in Richtung des hinteren Platzes, und die Töchter steckten ihre Schläger in die Taschen und schlossen sich gehorsam dem Rest der Familie an. Der alte M. stieg mit Alex in einen Pick-up, und die Mädchen folgten der Mutter zu einem größeren blitzenden Auto einer mir unbekannten ausländischen Marke. Freddy, der mit feucht zurückgekämmtem Haar aus den Umkleiden gekommen war, überholte sie und hängte die kleine Gruppe auf einem hohen, dröhnenden Motorrad ab.

Noch am selben Tag erfuhr ich ein wenig mehr über sie. Als ich meinem Vater während des Abendessens erzählte, ich hätte sie spielen gesehen, und ihn fragte, ob er sie kenne, nickte er.

»Natürlich kenne ich sie. Vor Jahren haben sie ein Stück Land neben unserem gekauft.«

Ungläubig sah ich ihn an. Auf unserem weit außerhalb der Stadt liegenden Stück Land regnete es nie, wir hangelten uns von Kredit zu Kredit, und mein Vater betrachtete sich, saß er nicht gerade an der Schreibmaschine, als einen gescheiterten Bauern, der ohne Hoffnung immerzu auf die Terrasse hinaustrat, um den Himmel zu inspizieren, ansonsten Hegel und Marx las und mit ebenso geringer Hoffnung ein Programm zu einer Agrarreform für eine kleine kommunistische Partei entwarf. Aber wie denn dann die M. zu all ihren Schlägern, Autos und Motorrädern gekommen seien, fragte ich.

»Und zu einem riesigen Haus im Palihue-Viertel«, ergänzte meine Mutter.

»Hast du in der Schule nicht die verschiedenen Arten der Pampa durchgenommen?«, fragte mein Vater. »Die Trennlinie zwischen trockener und feuchter Pampa verläuft exakt unter dem Stacheldraht zwischen unseren beiden Feldern.«

Wie immer wusste ich nicht so recht, ob mein Vater es ernst meinte, aber er erlaubte mir, aufzustehen und das Schulbuch der Provinz Buenos Aires zu holen.

»Da siehst du«, sagte mein Vater, beinahe stolz auf sein Pech. »Da ist ihr Feld: *Montes de Oca*, das letzte der feuchten Pampa. Und da ist unseres: *Algarrobo*, das erste der trockenen Pampa.«

»Trocken und ausgelaugt«, pflichtete meine Großmutter ebenso unverhofft wie lebhaft bei, während sie sich stoisch ihren Ellbogen mit der Schuppenflechte kratzte.

»So ist es, Doña. Siebzig Hektar und keine einzige Blume. Und Sie dachten, Sie bekämen einen vermögenden Schwiegersohn.«

Meine Großmutter lachte glucksend, bis alle Falten ihres Halses und ihre schlaffen Wangen wackelten.

»Dein Vater, typisch. Und dabei wollte ich doch immer nur, dass sie glücklich werden.«

»Glücklich! Nicht mehr und nicht weniger!«, rief mein Vater aus, und meine Großmutter lachte wieder, die Augen wie zwei große blaue Pfützen, als hätte man sie am Kinn gekitzelt.

»Das vollkommene Glück gibt es wahrscheinlich nicht, aber wenn ihr einmal nicht die Suppe verschütten würdet, wäre das schon etwas«, sagte meine Mutter und breitete ihre Serviette auf der Tischdecke um meinen Teller aus.

»Warum soll es das nicht geben?«, protestierte ich. »Ich glaube schon, dass es so was gibt. Die M. sehen sehr glücklich aus.«

»Das Glück ist wie der Regenbogen, man sieht es nie über dem eigenen Dach, immer nur über anderen«, sagte meine Großmutter.

»Doña!«, rief mein Vater bewundernd aus, »ich wusste gar nicht, dass Sie eine Dichterin sind.«

»Das ist ein altes jiddisches Sprichwort«, erwiderte meine Großmutter bescheiden.

»Das absolute Glück gibt es nicht«, sagte meine Mutter, »und die M. werden auch ihre Probleme haben, wie alle Familien.«

»Ich glaubte schon, dass es eine vollkommen glückliche Familie geben kann. Vielleicht nicht unsere«, sagte meine Schwester resigniert, »aber irgendeine andere irgendwo bestimmt.«

»Genau, wie Außerirdische«, bemerkte mein Vater. »So weit weg, dass jede Begegnung ausgeschlossen ist.«

Mein Bruder begann zu zittern, und wir sahen die Spitze seiner hochgehaltenen Gabel beben, als stünde er kurz vor einem Weinkrampf. Es war das erste Mal seit seiner Entlassung aus der Klinik, dass er an einem gemeinsamen Essen teilzunehmen versuchte. Mein Vater machte meiner Mutter ein Zeichen, sie solle ihm seine Tabletten geben, und wir sahen ihm nach, als er in seinen Pantoffeln vom Tisch in sein Zimmer schlurfte wie ein niedergeschlagenes Phantom. Um das Schweigen zu brechen, griff ich das Thema wieder auf.

»Aber glaubst du wirklich, Papa, dass es niemanden gibt, der richtig glücklich ist?«

Mein Vater zögerte, bemühte sich dann wieder um seinen alten ironischen Tonfall und zeigte mit dem Finger auf mich, während er sagte:

»Willst du glücklich sein, wie du sagst … frag nicht nach, mein Junge, frag nicht nach.«

Von diesem Tag an nahm ich mir vor, das Glück der Familie M. zu erforschen, als handele es sich um eine unbekannte Spezies, fremdartig und verletzlich, allein von mir entdeckt. Zunächst kundschaftete ich sie in ihrem eigenen Territorium aus: Am Drahtzaun stehend verfolgte ich ihre Trainingsstunden und dann ihre Spiele beim großen Turnier, das gerade losging. Ich rückte ihnen so nahe ich nur konnte: Ich beobachtete sie in den Umkleiden, wo sie sich nackt unter der Dusche unbekümmert einseiften und mit den besten Tennisspielern der Stadt scherzten, als hätten sie absolut nichts zu verbergen. Ich bemühte mich, ihre Unterhaltungen mitzuhören, irgendeinen achtlosen Ausdruck von Missmut oder unterdrückter Verärgerung zu erhaschen, das geringste Zeichen von Unmut, Zwistigkeit oder Eifersucht unter den Geschwistern. Ich nehme an, sie gewöhnten sich an meine Gegenwart; sie begannen mich zu grüßen, und der alte M. lächelte mir von Zeit zu Zeit zu, offenbar amüsierte ihn meine Hartnäckigkeit, vielleicht glaubte er, ich wollte mir irgendeinen Schlag abschauen. Als sich Freddy und der alte M. wie erwartet fürs Finale des Turniers qualifiziert hatten, setzte ich mich schon ganz früh in eine der ersten Reihen. Ich hoffte, ein Ball nahe der Linie oder ein zu schneller Aufschlag außerhalb des Sichtfelds des Schiedsrichters könnte einen kleinen Streit, eine nicht ganz so noble Reaktion hervorrufen. Doch bei jedem zweifelhaften Ball baten beide sofort um eine Wiederholung, als handelte es sich nur um ein weiteres Trainingsspiel. Sie kämpften erbittert um jeden Punkt, ohne dabei aber auch nur einmal den Schläger hinzuwerfen oder aufzuschreien. Der Alte gewann schließlich den Pokal, und beide umarmten sich am Netz vor den Fotografen wie bei einem fröhlichen Ritual, das sie seit Jahren wiederholten, inzwischen ohne besondere Überraschung oder Überschwänglichkeit.

Ich erweiterte den Kreis meiner Nachforschungen und begann auf alles zu horchen, was man mir über ihr Leben außerhalb des Tennisplatzes zutrug. Sie enttäuschten mich nicht. Ich erfuhr, dass die beiden Jungen auf die Don-Bosco-Schule gingen und die vier Mädchen La Inmaculada besuchten. Freddy und Alex waren gute Schüler, aber nicht zu gut, um nicht gleichzeitig zu den beliebtesten zu gehören: Mit ihrer lautstarken Freundesclique dröhnten sie an den Samstagabenden in den Autos ihrer Eltern die Avenida Alem entlang. Im Doppel waren die beiden Brüder außerdem unschlagbar bei den Turnieren der Tennisschulmannschaft gegen andere Schulen, und rasch aufeinander hatten sie ihre ersten atemberaubenden Freundinnen aus ebenso tadellosen Familien. Die Eltern sah ich gelegentlich abends auf der Promenade; mit der friedlichen Gelassenheit eines alten Liebespaars spazierten sie Arm in Arm vor sich hin, und wenn ich ihnen begegnete, nickte mir die Mutter manchmal mit einem sanften, höflichen, über jeden Verdacht erhabenen Lächeln zu, als wolle sie mir sagen: »Ja, wir sind glücklich, vollkommen glücklich, du kannst uns so eingehend betrachten, wie du willst, du wirst keinen Makel finden.«

Der Sommer kam, und das geheimnisvolle Reich der Familie M. verlagerte sich, wie ein Großteil der restlichen Stadt, in den Badeort Monte Hermoso. Ich hörte, sie besäßen ein großes Haus direkt am Meer und es gäbe dort zwar kein Tennisturnier, der Vater und die beiden Söhne bildeten jedoch bei den Strandvolleyballturnieren stets das Gewinnerteam. Sie kamen Ende Februar wieder, braun gebrannt, fröhlich und noch glücklicher, wenn das überhaupt möglich war, und nahmen voller Ungeduld den Tennisplatz wieder in Besitz, um eine neue Saison zu beginnen.

Es vergingen drei oder vier Jahre. Mein älterer Bruder unternahm seinen zweiten Selbstmordversuch. Meine gerade sechzehnjährige Schwester wurde schwanger. Bei angespannten Familienunterredungen fiel unter Schaudern immer häufiger das Wort, das mit A beginnt. Doch die Wogen glätteten sich wieder, und schließlich wurden die Vereinbarungen für eine Hochzeit getroffen.

»Heiraten ist leicht, das Haushalten ist schwer«, sagte meine Großmutter leise.

Meine Schwester brach in Tränen aus und lief aus dem Zimmer.

»Sie ist schließlich weder die Erste noch die Letzte, der das passiert«, sagte meine Mutter beinahe herausfordernd. »In anderen Familien wird auch nur mit Wasser gekocht ...«

»Nicht in allen anderen Familien«, bemerkte ich. »Ich glaube nicht, dass die Töchter M. ...«

»Hör mir doch mit deiner Familie M. auf«, fauchte mich meine Mutter wütend an. »Weißt du denn nicht, dass der schöne Schein immer trügt? Ich würde zu gern wissen, wie die M. im Privaten sind.«

»Das ist gar nicht so schwer«, sagte mein Vater. »Schließlich haben wir unseren geheimen Kurier des Zaren, das allgegenwärtige Dienstmädchen: Miguela kann uns bestimmt so einiges erzählen.«

Miguela war der größte Schatz meiner Mutter: Still und unermüdlich reinigte sie mit ihren araukanischen Zügen dreimal pro Woche unser Haus. Meine Mutter, die sie als Erste entdeckt hatte, als sie gerade aus ihrer Heimatregion gekommen war, litt insgeheim darunter, sie nicht auch die übrigen Tage beschäftigen zu können, und lebte in der beständigen Sorge, eine andere Familie könnte sie ihr streitig machen. Ich, der ich alles über die M. zu wissen glaubte, hatte nicht einmal in Erfahrung gebracht, dass sie seit einiger Zeit ebenfalls auf ihre Dienste zurückgriffen. Eine ganz neue Perspektive tat sich da für mich auf, eine unvermutete Verbindung mit der intimsten Seite der Familie M.: der Schmutz in den Ecken, wertvolle Hinweise im Abfalleimer, verräterische Spuren beim Wechseln der Bettwäsche. Miguela hatte alles gesehen und gehört, vielleicht haftete eben jetzt an den Sohlen ihrer Leinenschuhe sogar noch etwas Erde aus dem Garten mit Pool der Familie M.

Es war einer der Tage, an denen sie bis abends blieb, sie machte sich gerade in ihrem Zimmer zum Gehen fertig. Meine Mutter rief sie, und Miguela erschien, die Tasche schon unter dem Arm, ihr buntes Tuch um den Hals.

»Wir führen hier gerade eine kleine Debatte«, sagte mein Vater, »bei der nur Sie uns weiterhelfen können.«

»Gern, Señor, wenn ich kann.«

Miguela brachte meinem Vater bedingungslose Verehrung entgegen und wagte es beispielsweise nicht, mit ihrem Staubwedel in die fantastische Unordnung der Bücher und Ordner seiner Bibliothek vorzudringen.

»Wir wissen, dass Sie seit einiger Zeit bei der Familie M. arbeiten. Ohne Sie um irgendeine Indiskretion zu bitten: Würden Sie sagen, es handelt sich um eine glückliche Familie?«

Miguela sah ihn erstaunt an.

»Aber ja, Señor, sie machen einen sehr glücklichen Eindruck.«

»Nun hätten wir gern, dass Sie darüber noch einmal nachdenken: Sie machen einen glücklichen Eindruck, na schön, aber würden Sie sagen, sie sind *wirklich* glücklich?«

»Ungetrübt glücklich, wunschlos glücklich«, murmelte meine Großmutter vor sich hin.

Bemüht, sich der Ernsthaftigkeit würdig zu zeigen, die mein Vater an den Tag legte, antwortete Miguela in das erwartungsvolle Schweigen hinein:

»Soweit ich sehen kann, ja, Señor, sie sind *wirklich* glücklich.«

»Aber Sie wollen mir doch nicht weismachen, Miguela, dass Sie nie einer Auseinandersetzung oder Tränen beigewohnt haben, dass Sie nie einen Streit gehört haben«, mischte sich meine Mutter ungläubig ein.

Miguela wandte sich ihr zu.

»Nein, Señora, nie. Untereinander tun sie so was nicht.«

»*Untereinander* ... Was soll das heißen?«, nahm mein Vater das Verhör wieder auf. »Dass sie sich untereinander gut behandeln, Sie aber dafür schlecht?«

»Nein, Señor, schlecht nicht«, bestritt Miguela heftig. »Aber an einem der ersten Tage habe ich mitbekommen, dass der Señor ärgerlich werden kann. Er dachte, eine Cremedose sei aus dem Apothekerschränkchen verschwunden. Dabei hatte ich sie beim Staubwischen nur verstellt.«

»Und hat er Sie deswegen zurechtgewiesen?«, fragte mein Vater verunsichert.

»Nein, er hat mir nur gesagt, ich solle diese Dose nicht mehr anfassen. Aber er sah böse aus.«

»Und was war das für eine Creme?«, fragte mein Vater.

»Ich weiß nicht, Señor«, antwortete Miguela. »Irgendeine weiße Pomade. Ich habe sie nicht mehr angefasst, wie man mir gesagt hat.«

»Das heißt«, fasste mein Vater zusammen, »ein Anflug von schlechter Laune wegen einer verstellten Dose kam Ihrer Beobachtung nach im Haus der Familie M. dem Unglück am nächsten.«

Miguela nickte etwas beschämt, als wolle sie meine Eltern nur ungern enttäuschen.

»Wir müssen meinem Sohn also recht geben«, sagte mein Vater. »Vielleicht ist es uns ja tatsächlich vergönnt, in diesem Leben der seltensten aller Spezies zu begegnen: einer glücklichen Familie.«

»Alles schöner Schein«, beharrte meine Mutter. »Alles schöner Schein vor den anderen. Ich würde sie zu gern einmal unter sich beobachten ... *etwas* verbergen sie bestimmt.«

In diesem Jahr besiegte Freddy beim großen Turnier zum ersten Mal den alten M., in einem denkwürdigen dritten Satz, der sich bis zum 13:11 zog. Wir fragten uns alle, ob das der Anfang vom Ende war, ob der König damit abgedankt hatte, doch im Jahr darauf zeigte sich der Vater wieder in Hochform und machte seinen Sohn in zwei Sätzen nieder. Gleichzeitig wurde Alex zur neuen Nachwuchshoffnung und qualifizierte sich zum ersten Mal für die hochrangigen Turniere. Mein Spiel machte keine Fortschritte mehr, aber ich ging weiter in den Club und sammelte wie aus einer alten, inzwischen automatischen Gewohnheit heraus Informationen über die Familie M. Die Töchter feierten nacheinander ihren fünfzehnten Geburtstag mit Festen, die im Gesellschaftsteil der Lokalzeitungen angekündigt wurden. Meine Großmutter zog sich bei einem Sturz einen Oberschenkelhalsbruch zu, darauf nahm meine Mutter sie ganz zu uns und ihr entsetzliches Sterben begann. Ihr Bett stand in dem Zimmer neben dem, das ich mit meinem Bruder teilte, und nächtelang hörten wir ihr Keuchen und den rasselnden Atem, mit dem das Leben langsam aus ihr entwich. Eines Nachts wachte ich auf und sah, dass mein Bruder nicht in seinem Bett lag. Er stand in der Tür zum anderen Zimmer, den Blick auf den offenen Mund meiner Großmutter geheftet, aus dem dieses Röcheln kam. Ich holte ihm seine Tabletten und führte ihn wie einen Schlafwandler zurück zu seinem Bett. Als meine Großmutter schließlich starb, war ich einer der Sargträger. Nachdem wir den Sarg vor der Grube abgestellt hatten und alle wieder in ihre Autos gestiegen waren, blieb ich noch eine Weile allein auf dem Friedhof. Ich ging die von Grabsteinen und Kreuzen gesäumten Wege ab, sah aber nirgends den Nachnamen der Familie M. Später zu Hause fragte ich meinen Vater, ob er das nicht merkwürdig fand.

»Die M. haben keine Familie hier«, sagte er. »Sie sind erst vor etwa zehn Jahren in die Stadt gekommen. Aber hast du auf jedem einzelnen Grab nachgesehen?«, fragte er alarmiert, als wäre ich es, der ihm langsam Sorgen bereitete.

Als ich mit der Schule fertig war, ging ich zum Studium nach Buenos Aires. Es verwunderte mich nicht, dass sowohl Freddy als auch Alex es vorgezogen hatten, in unserer Stadt zu bleiben und an der hiesigen Universität zu studieren (beide entschieden sich für Landwirtschaft). Nicht nur, weil sie in der zerstreuten Weite von Buenos Aires ihre prinzenhafte Aura verloren hätten. Oder keine Turniere mehr gewonnen hätten. Es lag vor allem daran, wie ich ahnte, dass diese Familie sich nicht trennen konnte, dass sie alle im Grunde eins waren, ein verschworener Clan, der rätselhaft vereint war durch etwas, was sich mir ein ums andere Mal entzog.

In meinem neuen Leben vergaß ich sie anfangs beinahe völlig. Nur von Zeit zu Zeit trug eine Bemerkung in einem Brief meiner Familie sie mir wie das ferne Echo von etwas zu, das mir einmal wichtig gewesen war und das Zeit und Entfernung jetzt immer belangloser werden ließen. Meine Schwester vergaß zum Beispiel nie, mir zu berichten, wer von ihnen jedes Jahr das große Turnier gewann: Weisheit, Kraft und Eleganz wechselten sich unerschütterlich ab, als brächte unsere Stadt keinen anderen Tennisspieler hervor, der ihnen die Stirn bieten konnte. In meinem letzten Universitätsjahr erfuhr ich, dass der Vater wieder einmal im Finale gesiegt hatte. *Aber wie alt ist er denn inzwischen?*, schrieb ich meiner Schwester. *Er muss doch inzwischen längst ein Wrack sein.*

Ich habe ihn vor Kurzem auf der Straße gesehen, antwortete sie, *und er hat sich nicht verändert, nur sein Haar ist etwas weißer. Wem es dafür immer schlechter geht, ist Papa. Mit seinem Emphysem bekommt er kaum noch Luft. Er muss jetzt im Sitzen schlafen. Wobei das noch das geringste Übel ist.*

Bei meinen seltenen Besuchen in der Stadt während dieser Jahre konnte ich mich nicht dazu entschließen, in den Club zu gehen und selbst einen Blick auf sie zu werfen. Ich glaube, ich fürchtete ebenso, dass sie sich tatsächlich nicht verändert hatten wie dass sie sich verändert hatten, dass die glänzende, diskret polierte Oberfläche Risse aufweisen und ich etwas dahinter entdecken könnte.

Nach meinem Universitätsabschluss zog ich mit einem Stipendium nach England für einen Aufbaustudiengang in vergleichender Literaturwissenschaft. Nach zwei Jahren beantragte ich eine dreijährige Verlängerung, um meine Promotionsarbeit zu Ende zu schreiben. In meinem fünften Jahr dort erhielt ich einen Brief meiner Schwester, mit den üblichen Hiobsbotschaften. Mein Vater hatte das Stück Land zum Verkauf gegeben und sie hatten beschlossen, meinen Bruder wieder in eine Klinik einzuweisen. In die Wohnung oben seien neue Besitzer eingezogen. Sie hätten Hunde, führten sie aber nicht nach draußen. Deshalb pinkelten sie auf die Terrasse und der Urin werde durch undichte Stellen im Putz zwischen den Dachbalken bis zu unseren Wohnungswänden geleitet. *Wir sind also im wahrsten Sinne des Wortes bepisst, wie Papa sagt.* Und als PS hatte sie hinzugefügt: *Und weißt du das Beste? Vater M. hat dieses Jahr wieder das große Turnier gewonnen. Ist es nicht unglaublich? Neulich ist er mir über den Weg gelaufen. Sein Haar ist jetzt ganz weiß, aber abgesehen davon hat er sich noch immer überhaupt nicht verändert.*

Da schrieb ich ihr und vertraute es damit zum ersten Mal jemandem an, was ich wirklich über die Familie M. dachte. In ihrem nächsten Brief stand, ich hätte sie zum Lachen gebracht und ob das Stoff für eine neue Erzählung sei. *Die Zeit vergeht für alle, auch für sie wird sie vergehen. Das ist das einzige Gesetz der Welt, das für alle gilt. Freddy muss um die dreißig sein. Er hat inzwischen auch seinen Abschluss, eine gute Stelle und seine bislang längste Freundin. Jetzt stehen bei ihm Heiraten und Bauchansetzen an. Aber wie auch immer, wir müssen nur die Jahre vergehen lassen, und dann werden wir ja sehen. Ich werde die Augen aufhalten, ich halte dich auf dem Laufenden.*

Ich brachte es in meiner Antwort nicht über mich, weiter zu insistieren. Ich erinnerte mich noch an die alarmierte Miene meines Vaters, als ich die Sprache auf die fehlenden Grabsteine brachte. Ich konnte ihr auch nicht eingestehen, dass ich das Schreiben aufgegeben hatte und mich mit jeder Studie und jedem Kongress langsam, aber unaufhörlich in das verwandelte, worüber ich früher so oft gespottet hatte: in einen Bibliotheksmaulwurf, einen Gelehrten, einen Literaturprofessor.

Etwa sechs Monate später teilte mir meine Schwester in einem Brief die große Neuigkeit mit: Die Familie M. verließ die Stadt. Der alte M. hatte ihr Land bereits verkauft, für ein Vermögen. *Er hat es als Erstes Papa angeboten, er hatte keine Ahnung, dass wir schon alles verkauft haben. Niemand weiß mehr, nur, dass die ganze Familie wegzieht. Freddy wird sich von seiner Freundin trennen, nehme ich an. Ich glaube, sie wollen erst mal eine Weltreise machen. Kann sein, dass sie einfach nicht sagen möchten, wohin sie gehen. Alles ist sehr geheimnisvoll. Vielleicht hast du ja recht und noch jemand hat es gemerkt. Wie dem auch sei, sie haben uns ausgespielt, jetzt werden wir es nie erfahren.*

Es vergingen ein paar Jahre. Wie viele? Genug, damit die Briefe meiner Schwester mit ihrer runden, tröstlichen Schrift sich in E-Mails verwandelten, die immer kürzer wurden, als schäme sie sich, immer nur schlechte Nachrichten zu schicken. Sie hatten die Besitzer der Wohnung über ihnen verklagt, und der Prozess schleppte sich von Gericht zu Gericht, ohne einen Schritt voranzukommen. Aus Rache legte die Frau von oben einen Schlauch auf die undichte Stelle der Terrasse und ließ stundenlang den Hahn offen, sodass bei uns das Wasser inzwischen in Strömen herunterlief. Meine Schwester verdächtigte die Frau außerdem, mit ihren Hunden auf den Gulli zu pinkeln. *Und nicht nur das, aber weiter sage ich nichts, du würdest es mir sowieso nicht glauben.* Ebenfalls per E-Mail fragte ich sie nach den Schäden in der Wohnung. *Wir haben Pilze an allen Wänden und höllische Angst, dass uns irgendwann die Decke auf den Kopf fällt. Mama und Papa mussten in dein ehemaliges Zimmer umziehen, das als einziges vom Wasser verschont ist. Die Feuchtigkeit bringt Papa im wahrsten Sinne des Wortes um. Sein Emphysem wird immer schlimmer. Kurz, der Untergang des Hauses Usher.*

Ende dieses Jahres reiste ich nach Kanada, um mich für eine Professur an einer kleinen Universität zu bewerben, die innerhalb von kurzer Zeit eine Stelle auf Lebenszeit versprach. Während ich in Quebec auf meinen Anschlussflug wartete, wurde mein Name durch die Lautsprecher ausgerufen. Ich dachte, es handele sich um ein Problem mit der Flugreservierung, doch als ich an den Schalter trat, hielt der Angestellte mir ein Telefon hin. Vom anderen Ende der Welt sprach die tränenerstickte, fremd klingende Stimme meiner Schwester zu mir. Mein Vater war gestorben. »Ich kann alles absagen und die erste Maschine zu euch nehmen«, sagte ich. »Das macht auch keinen Unterschied, du würdest nicht rechtzeitig zur Beerdigung kommen«, sagte meine Schwester. Ich setzte also meine Reise fort, und vier Stunden später hörte ich mich vor drei Professoren mit undurchdringlichen Mienen über Borges und die englische Literatur sprechen, ohne mich einmal zu verhaspeln, und lange Stellen aus dem Gedächtnis zitieren, als wäre ich ein Wunder der Mechanik, das noch mit defekten Einzelteilen funktionierte. Und zwei Stunden später aß ich in einem mexikanischen Restaurant mit ihnen zu Abend – ich nehme an, es wurde in einer herablassend höflichen Geste meinem lateinisch klingenden Namen zuliebe gewählt –, zugleich der wichtigste Teil der Prüfung: die Konversation bei Tisch, die Umgangsformen beim Essen, die Weinkarte. Als der Kaffee kam, schüttelten mir alle drei die Hand, als hätten sie sich untereinander ein Zeichen gegeben, beglückwünschten mich und gaben ihrer Freude Ausdruck, dass ich mit ihnen in dieser Stadt fernab der Welt verrotten, mich vom Schnee begraben lassen würde, um mich wie sie der hehren Aufgabe zu widmen, die Literatur an Horden von rammdösigen Bierköpfen zu vermitteln, die unentwegt auf ihren Handys herumtippten, wie sie mir von nun an für den Rest meines Lebens pünktlich jedes Semester vorgesetzt würden. Ich dankte ihnen, so gut ich konnte, und als sie mich fragten, ob es irgendetwas gäbe, dass ich hier vermissen würde, kam mir seltsamerweise nicht London in den Sinn, das ich im Begriff war zu verlassen, sondern eine sehr viel fernere Erinnerung, und ich antwortete, dass ich gern einmal wieder Tennis spielen würde. Sie grinsten sich gegenseitig an und sagten, die Saison für Freiluftaktivitäten sei sehr kurz, sehe man vom Schneeschaufeln ab, und ich solle mir vielleicht überlegen, zum Squash zu wechseln.

Es vergingen noch mehr Jahre. Wie viele? Genug, damit mein Haar vollkommen weiß wurde und ich mich eines Tages vor dem Badezimmerspiegel mit einem ausgefallenen, halb zerbröckelten Zahn in der Hand wiederfand und das schwarze Loch in meinem Zahnfleisch wie einen schwindelerregenden Schacht betrachtete. Von meiner Familie kamen kaum noch Nachrichten. Seit dem Tod meines Vaters hatte meine Mutter beschlossen, ihr Bett nicht mehr zu verlassen. Die lakonischen Schreiben meiner Schwester berichteten von ihrem fortschreitenden Verfall, von Windeln, Schorf, Senilität, von dem tragisch-komischen Defilee der Krankenschwestern, dem unmerklichen Zerrinnen des letzten Familiengeldes. Sie hatte mich gebeten, sie nicht besuchen zu kommen. *Du würdest uns nicht wiedererkennen, genauso wenig wie die Wohnung. Warum solltest du also kommen?*

Zu Beginn des Winters reiste ich zu einem Kongress nach Jacksonville, der wärmsten Gegend Floridas, für den ich mich nur angemeldet hatte, um vor dem ersten Schnee zu flüchten. Während meines Vortrags erlitt ich einen

Schwächeanfall, plötzlich verschlug es mir den Atem, ich rang vergeblich nach Luft. Ich konnte mich noch an der Tafel festklammern, sank aber trotzdem zu Boden. Ich wachte in einem Krankenhaus in der Nähe des Campus wieder auf, wo man mich mehrere Stunden zur Beobachtung behielt. Schließlich führte man mich in ein Behandlungszimmer, wo ein Arzt eine Röntgenaufnahme meines Brustkorbs vor eine Lampe hielt und mir einen Riss in meiner Lunge zeigte, der aussah wie ein Brandmal. Er stellte eine Diagnose, die ich bereits erahnt hatte: das gefürchtete Erbe meines Vaters.

Ich trat mit dem großen Umschlag der Röntgenaufnahme unter dem Arm nach draußen und beschönigte gegenüber den beiden auf mich wartenden Kollegen alles ein wenig, damit sie mich allein ins Hotel zurückgehen ließen. Es war ein friedlicher Nachmittag ohne einen Windhauch, die Sonne schien sanft durch die Bäume. Auf dem Boulevard war ich die einzige Person, die zu Fuß ging, sonst begegneten mir nur ein paar Studenten auf Fahrrädern. Als ich in eine der Straßen einbog, die auf dem kleinen Stadtplan der Kongressunterlagen verzeichnet waren, hörte ich mit einem Mal das unverwechselbare, vibrierende Aufschlagen von Tennisbällen. Ich ließ mich davon leiten und gelangte zu einem beinahe ganz zwischen Ligusterbüschen versteckten Platz. Am Ende eines Kieswegs trat ich an einen Drahtzaun, und dort waren sie, klar, wunderbar und absolut wirklich. Waren sie es? Meine Augen sahen inzwischen nicht mehr besonders gut, aber ich wusste, dass sie es waren. Der alte M. spielte mit Freddy, und seine Vorhand klang wie der Schwerthieb eines Königs in der Schlacht. Sein karamellfarbenes Haar musste noch nicht schrittweise mit der weißen Pomade kaschiert werden. Auf einer schattigen Bank neben dem Platz strickte eine Frau und sah von Zeit zu Zeit auf, um den Ballwechsel zu verfolgen. War sie es? Ich trat ein wenig näher, und auf das Geräusch meiner Schritt hin drehte sie sich zu mir um. Ihr Blick verriet freundliche Neugierde, aber keine Spur des Wiedererkennens. Doch wie hätte sie mich auch wiedererkennen sollen? Ich machte noch einen Schritt auf sie zu, und ihr Gesicht nahm einen alarmierten Ausdruck an, vielleicht war mein Blick zu eindringlich. Ich blieb stehen, um sie zu beruhigen.

»Ich möchte nur wissen«, sagte ich, »ob Sie wirklich glücklich sind.«

Ohne nachzudenken hatte ich es auf Spanisch gesagt, worauf sie eine verständnislose Miene machte.

»Entschuldigung, ich spreche nicht Spanisch«, brachte sie mühsam auf Spanisch hervor, als handele es sich bei jedem Wort um eine vergessene Lektion.

Natürlich, dachte ich. Natürlich. Bei jedem Ortswechsel mussten sie die Sprache wechseln. Sie mussten alles aus ihrem früheren Leben vergessen.

»Ich möchte nur wissen«, wiederholte ich auf Englisch, »ob Sie glücklich sind. Glücklich.«

Die Augen der Frau weiteten sich, als habe sie endlich verstanden und freue sich über meine Anteilnahme. Vielleicht hielt sie mich für einen Angestellten der Stadt, der mit einer Ausländerbefragung beauftragt war oder Neuankömmlinge begrüßen sollte. Ich fragte mich, wie viele weitere Umzüge sie in diesen Jahren vollzogen haben mochten.

»Ja, natürlich«, antwortete sie mit einem tiefen Lächeln und einem leichten Akzent, an den ich mich nicht erinnerte. »Vollkommen glücklich.«

Der Ballwechsel war unterbrochen worden, und ich sah, dass der alte M. an den Zaun trat und mich kurz musterte. Schaudernd bemerkte ich, dass er inzwischen viel jünger war als ich. Sie beruhigte ihn schnell mit einem gewisperten Satz in einer Sprache aus kurzen, tief klingenden Worten, die ich noch nie gehört hatte, vielleicht der wahren

Sprache ihrer Art. Der alte M. nickte, warf mir noch einen letzten Blick zu und kehrte dann an die Grundlinie zurück. Ich drehte mich auch weg, und ohne mich noch einmal umzusehen, ging ich über den Kiesweg zurück in den kleinen Rest Leben, der mir noch verbleibt.

NACHWORT FÜR DIE DEUTSCHE AUSGABE

Thomas Mann hat einmal gesagt, zu seinem großen Glück als Autor habe es gehört, in allen Phasen seines Lebens geschrieben zu haben. Auch ich sehe in dieser Zusammenstellung meiner Erzählungen ein Kaleidoskop der verschiedenen Lebensabschnitte und Erfahrungen, und es erfüllt mich mit einem ähnlichen Glück, begleitet von einer leichten Nostalgie, dass mich diese Geschichten noch immer in sich tragen und ich mich von fern in ihnen erkenne. Eine der ersten Erzählungen (ich verrate nicht, welche) habe ich mit vierzehn Jahren geschrieben. Eine der letzten vor wenigen Monaten. Die ersten zehn Erzählungen dieses Bandes erschienen 1989 unter dem Titel *Gewaltige Hölle* als mein erstes Buch in Argentinien, und ich wollte diesen Titel gern für die vorliegende Anthologie beibehalten. Ich habe seither im Grunde nie aufgehört, Kurzgeschichten zu schrieben. Drei meiner späteren Romane hatte ich zunächst als dreißig bis vierzig Seiten lange Erzählungen konzipiert. Sie wurden dann wesentlich länger, doch sie haben ihre ursprüngliche Struktur beibehalten, den roten Faden, die Linearität und den Spannungsbogen, die für das Genre der Kurzgeschichte so entscheidend sind. Und ich habe mir meine Texte immer wie ein Kurzgeschichtenerzähler ausgedacht: zuerst den Schluss, und dann vor allem den Wendepunkt, an dem Reales und Alltägliches umschwenkt und plötzlich düster, befremdlich oder sogar unmöglich wird und die Erzählung zu einem Magiestreich macht.

Die letzten acht Erzählungen dieser Anthologie gehören einem zweiten Band an, der sich gerade in Vorbereitung befindet und unter dem Titel *Das Reich der Horizontale* Geschichten über Sex und Tod vereinen wird. Wenn ich nun alle hier versammelt wiederlese, neige ich dazu, wie William James an eine gewisse Kontinuität des Ichs zu glauben, die sich anhand kleiner Manien und wiederkehrender Details beobachten lässt. Besonders auffällig ist vielleicht das häufige Auftreten von Friseuren. Mir war immer so, als würde der Spiegel eines Friseursalons, der uns nicht so vertraut ist wie der eigene Badezimmerspiegel, uns jedes Mal unerwartet die Zeichen der Zeit in unserem Gesicht enthüllen. Und im Grunde sind Neuausgaben und Anthologien wie diese Spiegel die Möglichkeit, uns unverhofft zu erblicken, wie wir waren und wie wir sind.

Guillermo Martínez
Buenos Aires, Juni 2010

Der Krieg aus der Perspektive eines Jungen, der die Welt gerade erst entdeckt

Theodor Buhl

Winnetou August

320 Seiten / gebunden mit Schutzumschlag
ISBN 978-3-8218-6118-0

Winnetou August ist ein ebenso virtuoser wie wundersamer Roman, der etwas Provokantes macht: Er erzählt von Krieg, Flucht und Vertreibung aus der Sicht des achtjährigen Rudi Rachfahl, der Schreckliches sieht und die Ereignisse zugleich als großes Abenteuer erlebt, als Teil der geheimnisvollen Welt der Erwachsenen, in deren Mittelpunkt der Vater August steht, eine beinahe mythologische Figur …

eichborn